終末なにしてますか？　忙しいですか？
救ってもらっていいですか？#02

枯野 瑛

角川スニーカー文庫

18940

終末なにしてますか？
忙しいですか？
救ってもらって
いいですか？

#02

contents

『今はもう、遥か遠い夢——A』

-the fellowship-

輸送魔法《まほう》というやつは、世間で思われているほどには便利なものではない。

魔力儀式《まりよくぎしき》によって距離《きより》の離《はな》れた二か所を呪脈的《じゆみやく》に繋《つな》ぎ、擬似《ぎじ》的な物理回廊《かいろう》を開いて〝荷物〟を通す。これによって、本来何か月もかかるような長旅を省略して、遠方に物資や人材を送り届けることが可能になる──なるほど、それだけを聞けばまさしく夢の技術だ。人類の進化もここに極《きわ》まれりといった感すらある。

しかしもちろん、そこまで世の中は甘くない。太陽や月の位置にあわせて儀式場そのものを組み替《か》えなければいけなかったり、儀式参加した術師全員の魔力を焼き切れる寸前まで熾《おこ》さないと発動しなかったり、転移対象が生物であった場合は大きな負荷《ふか》がかかったり。夢の技術の陰《かげ》には、いつだって厳しい現実が隠《かく》れている。

そんなわけだから、この大陸で輸送魔法の恩恵《おんけい》を受けられる者は、二種類に限られている。重大な情報を迅速《じんそく》に伝える必要のある通信局の人間と、単騎《たんき》あるいは極少数精鋭《せいえい》で戦況《きよう》を変えることができる一部の軍人や冒険者《アドベンチャラー》くらいのものだ。

──皇国領辺境ティファアナ地区のはずれ、放棄《ほうき》された山小屋。

「正午に集合、って話じゃなかったか？」

小屋の中には、三人の男女が集まっている。

そのうち一人であるところのヴィレムは、疲《つか》れた顔で部屋を見回した。何度確認《かくにん》したところで、そこにいるのは彼自身を含《ふく》めて三人だけ。本来そこにあるべき顔の数には、四つほど足りていない。

「他《ほか》の連中は遅刻《ちこく》か？　ったく、しょーがねーな」

「いやいやいや⁉　しれっと何を図々《ずうずう》しいこと言ってんだよ⁉　自分だって陽《ひ》が傾《かたむ》いてからここに来たよな？」

「そんなん、お前らが黙《だま》ってりゃあとの四人にはバレねぇだろ？」

「どこから出てくるんだよその発想⁉　口裏合わせたところで事実は変わらないし、そもそも僕らが黙る理由がないよな⁉」

「どうでもいいけどキンキン声出すなよスウォン。輸送魔法で大陸横断した反動で、さっきから頭痛が治まらねぇんだ」

「誰《だれ》の、せいだと、思ってるんだよ⁉」

一通り声を荒《あら》らげてから、呪蹟師《ソーマタージスト》の少年——スウォンが力なく肩《かた》を落とした。

ふわふわの金髪《きんぱつ》に淡《あわ》い蒼《あお》の瞳《ひとみ》、小柄《こがら》な痩躯《そうく》に中性的な顔立ち。とまあ、ここまではとりあえず異性に人気の出そうな容姿をしているのだが、時も場所も選ばず常に純白のマントをまとい、しかもその裾《すそ》を引きずっているせいで、色々と台無しになっている。

「オマエと話してると、いつもこうだ。この僕がこうまでペースを崩《くず》される相手なんて、他にはいないぞ――〝黒瑪瑙の剣鬼《ブラックアゲート・ソードマスター》〟」

「その呼び名はやめろって前から言ってんだろ？」

「またわけのわからないことを言う。格好いいのに、何が不満だ。

いや、格好いいとは言っても、もちろん僕の真名《まな》〝極星の大術師《メイガス・オブ・ポーラスター》〟には大きく劣《おと》るわけだけどな。そこは格の違《ちが》いだから仕方がない」

「オーケーそろそろ黙れ、別の意味で頭痛がひどくなる」

「む。それはどういう意味だ⁉」

ぶつくさとスウォンは文句を言い続けていたが、ヴィレムはそれ以上構わずに、部屋にいるもう一人へと目を向けた。

「結局来たんだな、リーリァ」

「ん？　ろーゆーひみ？」

ビスケットをかじりながら何やら本を読んでいた少女が、顔を上げる。

焦《こ》げた煉瓦《れんが》のような色合いの赤毛が、ふわりと揺《ゆ》れる。

「逃《に》げてもいいって言っただろ？」

「あー、まひゃほろはらひ？」《またそのはなし》

口にくわえていたかけらをぼりぼり噛《か》み砕《くだ》き、

「しょーがないじゃないの。あたしがやんなきゃ誰がやんの」

「俺がやる」

「またまた、できもしないくせに」

ぐ、と言葉を呑《の》む。

飾《かざ》りのひとつもなく事実だけを突《つ》きつけられると、返す言葉がない。

「すみませんねぇ軽い気持ちで戦場に立っちゃって。なにせアタクシ、前代未聞の才能に満ち溢《あふ》れちゃった大天才でありましてからにぃ？」

嫌《いや》みたらしく言って、リーリァはけけけけと笑う。

毒気を抜《ぬ》かれ、しかし苦味だけはしっかりと口の中に感じながら、ヴィレムはうめく。

「お前なぁ」

「お前とかゆーな。亡国とはいえ、余は正当なる王家の血に連なる者ぞ。ちゃんと敬え」

「へいへい。姫君《ひめぎみ》におかれましては、今日も変わらず人格が最低でいらっしゃるようで」

「あらやだ。周りの人間の性根《しょうね》が腐《くさ》ってるせいかしらん？　やっぱり、日ごろ付き合う仲間は選んだほうがいいわねぇ」

「そーかい。だったらこいつはいらねぇでありますな」

懐《ふところ》から取り出した、クッキーの包みを軽く振《ふ》ってみせる。

「アルマリアに『全員で食べて』つって持たされたもんだが、仲間じゃねぇやつにまで分ける義理はねぇからな」

「アルちゃんのクッキー⁉」

がば、とリーリァは身を乗り出す。

「あたしたち、永遠に仲間よね、ヴィレム！」

「あー。人格・性格・性分・性根から心根に至るまでお前は褒《ほ》められるところのまるでないやつだが、その変わり身の早さだけは少し尊敬してるぞ」

「尊敬ついでに、娘《むすめ》さんをあたしにくれたりしない、お父さん？」

「勇者《ブレイブ》なんて物騒《ぶっそう》なやつにうちの子を任せるわけにはいかんな」

「む。それじゃ仕方ない」

言うが早いか、リーリァは袋《ふくろ》をひったくると、ビスケットの器《うつわ》に中身をぶちまけた。

「全員分だからな。エミたちの分もとっとけよ」

「わかってるわかってる」

生返事をし、ぱくぱくとクッキーをほおばり始める。一瞬《いっしゅん》遅《おく》れて、「ずるいぞ！」と叫《さけ》んだスウォンがそれに参加する。

「お前らなあ」

いつも通りといえばいつも通りに、仲間たちと交《か》わす軽口。

「……なあ」

「んー？」

「お前はどうして戦うんだ、リーリァ」

「またそれ？　もういいじゃない、どうだって。理由がなくたって人間は戦場に立てるし、才能があれば立派に戦えます。それでいいじゃないの」

「お前が本気でそう言ってるなら、確かに、それでいい。納得《なっとく》できないなりに、受け入れるさ。けどな、お前の口ぶりを聞いてると――」

「嘘《うそ》を吐《つ》いているように思える、っての？　どんな嘘？」

それが分かっていれば最初から苦労はないのだ。

答えを返せずにいると、リーリァは「ほーらね」と偉《えら》そうに言い放ち、

「あんたは黙って、あたしの後ろでせせこましく露払《つゆはら》いだけしてればいいの。あとあれだ、セニオリスの調整と、例のマッサージもやってほしいかな。どうせあんたの存在価値なんてそのへんにしかないんだから、大人しく自分のできることだけやってなさい」

ふふん、とこれまた偉そうに鼻を鳴らしてみせる。

何も言い返せない。

言いたいことは、いくらでもあるのだ。例えば、いつものように楽しそうに笑っているリーリァの貌《かお》が、なぜか今にも泣き出しそうにも見えている——けれど、その理由が分からないから、指摘《してき》することもできない。

どんなに仲間として共に戦っても、今のような時間をじゃれあって過ごしても、リーリァが何を考えているのかが分からない。

「なあ」

「んー、今度は何」

「俺、やっぱ、お前のこと嫌《きら》いだ」

「あー」

にかっ、と。リーリァは満面の笑《え》みを浮《う》かべて、

「知ってた！」

なぜか自慢《じまん》げに、そんなことを言った。

リーリァが何を考えていたのか。

何を隠していたのか。
ヴィレムは最後まで、知ることができなかった。

『帰らぬ者と、待ち続けた者たち』
-dice in pot-

1. あれから時は流れて

二階の廊下《ろうか》の奥の方で、最近、雨が漏《も》るのだという。

実際に見に行ったところ、なるほど、どうやらちょっとした大工仕事が必要そうだとわかる。本格的な修理は後日に街から業者を呼ぶ必要があるとして、今は応急修理だけしておけばいいだろうか。となると、必要になるのは木の板と――

「――なぁ、木槌《きづち》がどこにあるかわかるか？」

尋《たず》ねながら振り返った先には、誰《だれ》もいない。

おかしいな、と首をひねる。

最近はずっと、自分の隣《となり》には、蒼空《あおぞら》の色の髪《かみ》をした少女がいたのだ。それが普通《ふつう》のことになっていた。だから今も当然そこに彼女がいるはずだと思って、声をかけた。なのに。

「クトリ？」

名を呼びかけても、返事がない。

ゆっくりと、違和感《いわかん》が胸の中で膨《ふく》れ上がる。

「アイセア？　レン？」

クトリと仲の良い二人の名前も呼んでみるが、やはり応《こた》える者はいない。

雨漏《あまも》りの修理を中断し、少女たちを探すことにした。

建物の中を歩き回る。一階の廊下を端《はし》から端へ。読書室、遊戯《ゆうぎ》室、訓練用品置場、厨《ちゅう》房《ぼう》と食堂。二階に昇《のぼ》って、部屋のひとつひとつを丹念《たんねん》に見て回る。

外に出る。森の中を歩く。湿地《しっち》を探し回る。市街地のほうまで足を伸《の》ばし、順番に店先を覗《のぞ》く。書店。時計屋。映像晶館《しょうかん》。小物屋。軽食屋。精肉店。いない。どこにもいない。

見かけた妖精《ようせい》たちを片端《かたはし》から捕《つか》まえて、尋ねてもみた。しかし得られた答えはどれも同じ。見てない。知らない。分からない。

おいおいどういうことだよ、と首をかしげたところで、後ろから肩《かた》を叩《たた》かれた。

振り返れば、背の高い喰人鬼《トロール》の女が——ナイグラートが寂《さみ》しげに微笑《ほほえ》んでいる。

「もう、受け入れなさいな」

穏《おだ》やかに、そんなことを言う。

「あの子たちは、もう死んだの」

——は？

「あの子たちは、もう、どこにもいないのよ」

馬鹿《ばか》な。何を言っている。

この浮遊大陸群《レグル・エレ》は、わりと頻繁《ひんぱん》に、滅《ほろ》びの危機に瀕《ひん》している。

それなりの頻度《ひんど》で、荒廃《こうはい》した地上より侵略《しんりゃく》者が風に乗り、流れ着いてくるのだという。

しかもそれに抗《あらが》うためには古代の超《ちょう》兵器が必要で、その兵器を起動し戦うことができるのは幼い少女の姿と心を持つ妖精たちだけなのだ。

少女たちの小さな肩の上に、大陸群の運命がまるごと乗せられている。歪《いびつ》で、不安定で、先の見えない終末の世界。

「忘れたの？　あの子たちを戦いに送り出したこと」

覚えている。忘れるわけがない。

けれど、約束したのだ。生きて帰ってきたら、何でも言うことを聞いてやると。

生きて帰ってこいと言ったら、あいつは笑って「任せといて」と答えたのだ。

だから。あいつらは。絶対に。

「早く慣れたほうがいいわよ。この世界では、そういうのが日常なんだから」

聞き分けのない子供をあやすような、どこまでも優《やさ》しい声。

ナイグラートの視線を追った先には、いつの間にそこに集まったというのか、小さな四人の妖精の姿がある。いつも無邪気《むじゃき》に騒《さわ》ぎ暴れているちびっこどもが、なぜか今は静かに四人並んで佇《たたず》んでいる。

作り物めいた無表情のまま、四人はまっすぐに、こちらを見つめている。

それぞれの細い腕《うで》の中には、どこかで見覚えのある剣《けん》が抱《かか》えられている。

全員が同時に口を開き、

「行ってきます」

その瞬間《しゅんかん》、強い風が吹《ふ》く。思わず腕で両目をかばう。

再び目を開いた時には、もう四人の姿はない。

どこから飛んできたものか、一枚の白い羽根が目の前にひらひらと舞《ま》い落ちてくる。が、地面に触《ふ》れる寸前に、また強い風が吹いて、どこかの空へと運び去られてしまう。

「慣れたほうがいいわよ」

ナイグラートが先の言葉を繰《く》り返し、それきり口を閉《と》ざした。

待て。

冗談《じょうだん》じゃない。

慣れたほうがいい。それはわかったが、いったい何にだ？

クトリは、アイセアは、ネフレンは、どこにいる？　いつ帰ってくる？

さっきの四人は、コロンとラキシュとパニバルとティアットは剣を持ってどこへ行った？　何をしに行った？

疑問に答えは見つからない。

もちろん、見つかったとしても、そんなもの、受け入れられるわけがない。現実逃避《とうひ》だと言われても、子供のような駄々《だだ》だと謗《そし》られても、認められない。

「現実を見て」

嫌《いや》だ。やめてくれ。そんなものを突《つ》き付けないでくれ。

それが現実だというなら、そんなものはもう、見たくない。

だからヴィレムは目を閉じて、耳をふさいで、何も考えずに済むようにと歴代正規勇者《リーガル・ブレイブ》の名を頭の中で諳《そら》んじ始めた。子供のころに覚えた固有名詞の数々が、余計な考えを頭の中から洗い流してくれる。アーベル・メルケラ。トルベン・シュノル。香玉《こうぎよく》のヴェッカー。名乗らぬ黒衣。

「――ツィラ・ノーテン。朽《く》ち刃《ば》のワイリー……」

ぱちりと目を開く。

ぼんやりと天井《てんじよう》を眺《なが》めること数秒。

窓のほうを見やって、ベージュ色のカーテンの向こうから朝の光が差し込んでいるのを確認《かくにん》するのにさらに数秒。

「異邦人《いほうじん》ニルス……リーリァ・アスプレイ……」

毛布を押しのけ、のっそりと身を起こす。

こきこきと首を鳴らす。

そこまでの時間を現状把握《はあく》に費《つい》やしてから、

「夢オチでホントよかったよ畜生《ちくしょお》ォ!?」

涙声《なみだごえ》になって、頭を抱えた。

†

すべてがすべて、夢の中だけの偽《いつわ》りだったというわけではない。

この浮遊大陸群《レグル・エレ》が薄氷《はくひょう》の上に存在する世界であることは間違《まちが》いないし、その薄氷を支えているのが太古の骨董品《こっとう》とそれらを扱《あつか》う少女たちだというのも現実の話だ。クトリ、アイセア、ネフレン。三人の少女が厳しい戦いの場に向かったこと。それを自分――妖精兵士たちの管理者という役職に（少なくとも名目上は）あるヴィレム・クメシュが見送ったこと。ここまでの流れにも誤りはない。

それから、あともうひとつ、あの夢が現実に忠実だった点がある。

戦いが始まってから、半月が経《た》った。

少女たちはまだ、帰ってきていない。

2. 銀幕のこちら側で

二匹《ひき》、もとい二人の直立大トカゲが、ムードたっぷりに向かい合っている。

片方のトカゲは体格がよく、立襟《たてえり》の軍服を着こんでいる。そのデザインからして、まずこちらは雄《おす》、もとい男性だろう。もう一方は豪奢《ごうしゃ》なドレス姿であるところからして、女性なのだろうと推測できる。

二人の間に、言葉はない。

背景となるのは、歴史を感じさせる石造りの街並み。市中水道にかかる大きなアーチ橋の上に二人は立っている。

陽《ひ》はとうに沈《しず》んでいた。瓦斯灯《ガスとう》の放つ頼《たよ》りない光が、黒い世界の中から二人の姿だけを切り出している。その世界の中に他《ほか》の人間の姿はなく――ああいやこれは当たり前だ――他の何者の姿もなく、まさか二人を残して世界そのものがどこかへ消えてしまったのかとすら思わせる。

男性のほうのトカゲが、口元で舌をしゅるしゅるさせた。

女性のほうのトカゲが、丸い目をぎょろりと剝《む》いた。

それだけで、何らかの意思の疎通《そつう》は行われたのだろう。二人はそっと身を寄せ合い、互《たが》いの体温を確かめ合う——変温動物のこいつらにもそんな習慣があったのか。

二人の逢瀬《おうせ》に気を利《き》かせでもしたのか。瓦斯灯《ガスとう》の光が明滅《めいめつ》し、やがて消える。

夜の闇《やみ》が広がり、愛し合う二人を優しく包み込んでいく。

そして、物語の幕が静かに下りて——


ぱっ、と。

今日の演目を上映し終わった映像晶室に、照晶石《しょうしょうせき》の光が満ちる。


「ふむ」パニバルが訳知り顔でうなずいて、

「おー」コロンが何やら感心したような顔になって、

「ふわぁ……」ティアットが目をきらきらと輝《かがや》かせて、

「…………」ラキシュがぽかんと口を開ける。

いつも元気に妖精倉庫（という名前の宿舎）を走り回っているちびっこどもが、実に珍《めずら》しいことに、四者四様に感動を表現しながら、静かに物語に見入っている。

その傍《かたわ》らで、ヴィレムは一人、こめかみを押さえて軽い頭痛と戦っていた。

（……さっぱりわからねぇ……）

とりあえず、今の映像がラブストーリー的な何かであったことはわかった。

が、それ以上のことは理解できなかった。

そもそも恋愛《れんあい》モノの物語なんてものは、登場人物のいずれかに感情移入するか、あるいはせめて美男美女の並びを愛《め》でられて初めて楽しめるもののはずだ。しかし、登場人物がすべて爬虫族《レプトレイス》だなどという怪《かい》映像が相手では、そのどちらも難度が少々高すぎる。

種族の壁《かべ》は、どうにもこうにも分厚い。

†

記録晶石《しょうせき》は、その名の通り、周囲の光景を切り取って記録しておくことのできる特殊《とくしゅ》な石英《クオーツ》だ。施《ほどこ》されるカットの種別と精度、石自体の純度や大きさなどによって、撮《と》れる映像の正確さや量などが変わる。これに方向と波長をそろえた光を当てることで、記録された光景は外部に投映される。角度を微妙《びみょう》に変えることで投映する映像の選択《せんたく》も可能で、これを応用すると、記録された一連の情景をまるで現実のように動かしながら再生することもできる。そのために必要な器材はそれほど高価なものではないため、中型以下のものであれば市井《しせい》の映像晶館にも設置が可能である、うんぬん。

まあ、技術的な話はどうでもいいのだ。

重要なのは、そういう技術が浮遊大陸群《レグル・エレ》に存在していること。そして、そこから派生する記録映像文化が普及《ふきゅう》していることだ。

わざわざ大きな都市の劇場まで行かずとも、記録晶石のそろった映像晶館へ行けば、望みの演目の芝居《しばい》が見ることができる。音は入らないうえさほど鮮明《せんめい》な映像とは言い難《がた》いが、それでも、無いと有るとの間の差は大きい。このことは、浮遊大陸群《レグル・エレ》における創作物語《フィクション》の普及に大きな役割を果たしていた――のだが。

四人のちびっこどもを引き連れて、映像晶館を出る。

「素敵《すてき》だったー！」きらきらを振《ふ》りまきながらティアットが叫《さけ》び、

「オトナー！」わけのわからないことを叫ぶコロンが続き、

「ふむん！」鼻息荒《あら》くパニバルが肩《かた》をいからせ、

「わたしも、いつか……」ラキシュがうっとりと彼方《かなた》を見つめ、

「……………はぁ」ヴィレムは一人、肩を落としていた。

この四人は、妖精《ようせい》として〝発生〟してからそれほど時間が経っていない。外見的にも身体的にも精神的にも、十にも満たない子供だ。だから、映像晶館に入る際には、保護役の同伴《どうはん》を要求されたりする。

とまあ、そんな理由でヴィレムは四人に付き添《そ》うはめになったわけだが。

「疲《つか》れた……」

彼女たち黄金妖精《レプラカーン》の外見は、いわゆる徴無し《シルシナシ》と呼ばれる種類のものだ。角も牙《きば》も鱗《うろこ》も獣《けもの》耳もなく、かつて地上に栄えたとされる人間族《エムネトワイト》に酷似《こくじ》している。違《ちが》いといえば、鮮《あざ》やかな髪《かみ》や眼《め》の色をしている者が多いという点くらいだろうか。

だというのに、なぜトカゲの恋物語《こいものがたり》を見て、こんな感想が持てるのか。

原因は性別なのか。年齢《ねんれい》なのか。それとも生まれた時代の違いなのか。もしや浮遊大陸群《レグル・エレ》に生まれた誰《だれ》もがあれを楽しめるのが当たり前で、異端《いたん》となるのは自分一人だけなのだろうか。ああ、まったく世も末だ。

「あの、どうかしましたか？」

斜《なな》め下から、気づかうような声が聞こえた。

様子がおかしいと思われたのだろう、ラキシュがこちらの顔を見上げてきている。

「びれむ、元気だせー！」

背中に何かが飛び乗ってきた、と思った次の瞬間《しゅんかん》にはコロンの短い手足がこちらの右肩と肘《ひじ》の関節をきれいに極《き》めている。短い手足で、実に器用なものだ。

「うりゃ！　きあいだ、きあい！」

「うむ、そのまま頸動脈《けいどうみゃく》も極めれば完璧《かんぺき》」

「だだだめだよう!?　コロンはやく降りて、パニバルも変な煽《あお》り方しないでぇ!?」

ああ、ラキシュは良い子だ。そしてコロンとパニバルは悪い子だ。まぁ、子供は元気が一番ではあるし、そういう意味では全員良い子ではあるのだが。ところでこの抜けっこう痛いけどどうやって外そう。まだ調子を取り戻《もど》せていない頭で、ぼんやりそんなことを考える。

……と、視線を感じて、最後の一人に振り返る。

「ティアット、どうした？」

「え」

「考え事か？」

声をかけられたことが意外だったのか、一瞬《いっしゅん》きょとんとした顔を見せる。

「あっと、その……ヴィレムが最近元気ないのって、もしかして、先輩《せんぱい》が原因なのかな、とか……」

「先輩？　って、ああ、クトリたちのことか」

「う、うん」

なるほど、先輩か。家族同然の相手に対して使う言葉としては、少し違和感《いわかん》がある。が、この妖精たちはこれでも軍属の身——正確には軍の備品——である。個人差は激しいが、年長者に対してそういう呼び方をするような敬意を持ち合わせるくらいのそれらしさを見せても、おかしなことはない。

「まぁ、そうだな」

隠《かく》すようなことでもないと思ったから、素直《すなお》に答えた。

「えっ」

なぜかティアットは驚《おどろ》きの声をあげた。

「実際落ち着かねぇよ。やつらが戻《もど》ってこねぇせいで、今朝は妙《みょう》な夢まで見ちまった」

「夢にまで！」

「ふわあああ……」

ティアットと、なぜかラキシュの表情が、めちゃくちゃ輝いた。

先ほどまで映像晶館の中でトカゲの恋愛話を見ていた時と同じ顔だった。

「……いや待てお前ら。何を想像してやがる」

「やっぱり、愛《いと》しい人の帰りを、辛《つら》い思いを隠して待ち続けているのね？」

「すごい……大人の愛です……」

二人が何を言っているのかがわからない。

「おぉ、元気なオトナか！」

「往来の真ん中で赤裸々《せきらら》な告白か。管理者は勇気がある」

残りの二人が何を言っているのかはもっとわからない。というか、いい加減そろそろ、極められたままの右腕《みぎうで》が辛い。

「――身内のことを気にするのは当たり前のことだろうが。愛とかなんとか大上段に構えるほどのもんじゃねぇよ。そういうお前らは心配してねぇのか？」

「なんで？」

「なんでってお前」

「心配なんてしなくても、先輩たちなら無事に帰ってくるし。もし帰ってこられないようなことになってるなら、心配しても仕方ないし」

あっさりと、ティアットはそんなことを言ってのける。

ああ——そうだった。こいつらは、妖精だ。戦いのために消費される命だ。そのためか、生命への執着《しゅうちゃく》が薄《うす》い傾向《けいこう》があるのだった。

その淡泊《たんぱく》な考え方は、自分の命のみならず、他の同族の命にも適用されるのか。

(クトリのやつは、相当に珍しいパターンなんだろうな)

彼女は、死にたくなどないと言っていた。

可愛《かわい》い後輩《こうはい》たちを危険に晒《さら》したくないとも、言葉にせずとも、態度で語っていた。

ヴィレムの目には、クトリのその怯《おび》えは好ましいものに見えた。この世界に自分が生き続けていることに価値を見出《みいだ》せていないヴィレム自身などよりも、よほど『人間らしい』生き方をしているように思えた。

自覚はなかったが、自分があいつに肩入《かたい》れをしてしまった理由は、そんなところにもあったのかもしれない。

「心配ってのは、そういうもんじゃねぇんだよ」

右腕は動かせなかったので、身体《からだ》をひねって、左手をティアットの頭の上に乗せた。

「そのうちお前らにもわかるようになるんだろう」

「ちょ、ちょっと!　子供扱《あつか》いしないでよ!?」

「少なくとも、クトリのやつは心配してたぞ。お前らのことを」

「……先輩が？　なんで？」

「大人だからじゃないか？　少なくとも、お前よりはな」

む、とティアットは頬《ほお》を膨《ふく》らませ、

「わかった！　わたしも先輩たちのこと心配する！」

蒼空《あおぞら》に向かって堂々と、どこかずれたことを宣言した。

「おー！」コロンがよくわかってなさそうな歓声《かんせい》をあげた。

「頑張《がんば》れ」パニバルがどうでもよさそうに相槌《あいづち》を打った。

「大人……やっぱりクトリ先輩はヴィレムさんの目から見ても大人……」ラキシュが何やらぶつぶつ呟《つぶや》きながら目を回した。これは、聞かなかったことにしておこう。

「――で、コロン。そろそろ靭帯《じんたい》とかがやばいことになりそうだ。降りろ」

「まだまいったを聞いてない！」

「あー参った参った」

「おう！」

すた。身も軽く、コロンが飛び降りる。

冷たい風が、街の中を吹《ふ》き抜《ぬ》ける。思わず、小さく身を震《ふる》わせる。

空は高く、雲の数も少ない。

ゆっくりと、季節が変わろうとしている。

†

68番浮遊島の森の奥に、その施設《しせつ》はある。

見た目と機能を言えば、五十人近くが集団生活できる、ちょっとした規模の宿舎だ。やや歴史を感じさせる木造で二階建て。そのすぐそばにはよく手入れされた小さな菜園と花《か》壇《だん》。少し離《はな》れたところには、やや小さめのグラウンド。

書類上、ここは軍の秘密兵器を格納するための「倉庫」だということになっている。備品管理のために滞在《たいざい》している最小限の人員以外、誰も住んでいないことにもなっている。

なっている、というのは、もちろん事実はそうではないということだ。

ここには三十を超《こ》える数の妖精たちが生活している。

書類の上ではただのモノでしかない少女たちが、ただの兵器ではありえないほどに元気よく、日々をにぎやかに暮らしている。

そんな「倉庫」の屋上。

大量に吊《つ》り下げられた洗濯物《せんたくもの》が、ばたばたと風にはためいている。

「――やぁね、天気崩《くず》れてきそう」

取り込んだばかりのシーツを胸元《むなもと》に抱《かか》えて、一人の女が空を仰《あお》いだ。

「ねぇちょっと、そこの美味《おい》しそうな人。暇《ひま》だったら手伝ってくれない？」

「手伝ってやるからその呼び方はやめろ」

「えぇー？　うちの一族じゃ、最高の褒《ほ》め言葉なのよ？」

「お前ら、一族総出で今すぐ大陸群公用語をゼロから勉強しなおせ」

軽口を返しながら、ヴィレムはそばにあった編み籠《かご》を抱え上げると、手近なものから洗濯物を取り入れていった。

風が、少しだけ、湿《しめ》り気《け》を帯びてきている。確かに、雨が近そうだ。

「ぶー。最近なんだか、ヴィレムが喰人鬼《トロール》に冷たい気がするの」

女は、幼い子供のように頬を膨らませる。その仕草が妙に似合っていることに、ヴィレムは軽く頬を引きつらせる。

ナイグラートは、先に挙げた『備品管理のために滞在している最小限の人員』に当たる立場の者らしい。

見た目の歳は二十あたり。背が高く、男性であるヴィレムとほとんど目の高さが変わらない。やや少女趣味《しゅみ》なところがあるようで、可愛らしいエプロンドレスやらフリルのついたワンピースやらといった服装を好んでいる。

そして、もちろん妖精《ようせい》ではない。当人の言う通り、喰人鬼《トロール》である。人々の傍《かたわ》らに住まい、人々と笑顔《えがお》を交《か》わし、そして人々を好んで喰《く》らう巨軀《きょく》の鬼族。

「ふざけたことを言うな。俺は、初対面の時から変わらずお前には冷たくしている」

「ひっどーい。そういうこと本気で言えちゃう男の人ってどうかと思うんだけどな？」

空に、うっすらと灰色の雲が広がり始める。急いだほうがよさそうだ。

籠からあふれ出しそうなシーツの山の上に、さらに次のシーツを積んでいく。

「その心配もいらねぇよ。この態度をとれる相手は、今はもう、世界中でお前だけだ」

「む。ちょっと変わった口説き文句ね？　少しだけ心が揺《ゆ》れたかも」

「もう一度言うぞ、一族総出で公用語の勉強をやりなおしてこい」

「ぶー。クトリたちにはあんなに優《やさ》しい言葉かけてたくせにー」

ぽつり、と、雨の一滴《ひとしずく》が足元に灰色の染《し》みを作る。

「口より先に手を動かせ、ほら」

「わーかってるわよう！」

ばたばたと、取り込み作業が続く。

——手桶《ておけ》をひっくり返したような、激しい雨が降っている。

どこから湧《わ》いて出てきたものか、黒々とした雲が全天を覆《おお》い包んでしまっている。まだ早い時間だというのに、窓の外は夜のように暗い。

「間一髪《かんいっぱつ》ねえ。あとちょっと手まどってたら、全部洗い直しになるとこだった」

洗濯物の片づけを終えて、二人はナイグラートの私室に移動している。お茶でも飲んで一休みしましょ、という彼女の提案によるものだ。

「それで、何の用だったの？」

暖炉《だんろ》に火を入れながら、ナイグラートはいきなりそんなことを聞いてくる。

「あん？」

「私に用事があるから屋上まで来てたんじゃなかったの？」

「ああ……」

そういえば、そうだった。

「何つうか……そろそろ、無事かどうかくらいの連絡《れんらく》はあってもいいんじゃねぇか、と思ってな」

「ああ、クトリたちの話？」

もちろん、その通りだ。無言でうなずく。

「今回の戦いは特に時間がかかる、って話はしてたと思うけど」

「そりゃ聞いてたけどよ。もう半月経《た》ってんだぞ？　あいつらがまだ無事なのかとか、あとどのくらい続きそうなのかとか、そういう話は回ってこねぇのかよ？」

「こないわよ？」

「即答《そくとう》かよ！　なんでだよ！」

「なんでって、そういうものだからだけど……詳《くわ》しく聞きたい？」

視線で勧《すす》められた席に、無言で座る。

どこからか魔法《まほう》のように取り出されたティーセットが、小さなテーブルの上に並べられていく。

「あの子たちの敵、〈深く潜む六番目の獣《ティメレ》〉については知っているのよね？」

「書類で少しは。属性不明で、しぶといやつで、サイズと強さがほぼ正比例する」

「そう。そのしぶとさの理由は、やつらは高速で育つし分裂《ぶんれつ》もするから。殺しても殺しても、その死体を盾《たて》にして、まだ死にきっていない内側に新しい自分の分身を創《つく》りだすの。それだけじゃなくて、一回ごとに少しずつ強くなったりもする。

それでも、いつもの小粒《こつぶ》なやつが相手なら、根気よく全箇所同様で十回も殺せば分裂限界がくるんだけどね。けど、今回くらいの規模だと軽く二百層以上はあるはずだから、そりゃ時間もかかるわよ」

もちろん、彼女たちも二十四時間常に戦い続けているわけではない。最初から長期戦になると分かっているのだから、準備は万全《ばんぜん》だ。屈強《くつきよう》な爬虫族《レプトレイス》の砲撃《ほうげき》兵が大勢、妖精たちの休憩《きゆうけい》時間を稼《かせ》ぐために随行《ずいこう》している、とのこと。

だったらそのままその筋肉トカゲどもで戦えよと言いたくもなるが、古代兵器である聖剣《カリヨン》を携《たずさ》えた妖精たちでなければ敵に有効な被害《ひがい》を与《あた》えられないのだから——そして、そもそもそれこそが彼女たちの存在理由なのだから、仕方がない。

「クトリに『妖精郷の門』を使わせないと決めた以上、この戦いは最後の殻《から》を剝《は》がせるまで殺し続けられるかどうかの問題でしかないのよ。

けれど、その殻が具体的に何層あって、今どれだけ破壊《はかい》できているのかなんてのを知る手段はない。だから、あとどのくらい戦いが続くのかを知る方法もないの」

ま、それでもいつかは終わるわけだし、基礎《きそ》的な戦力では圧倒《あつとう》できてるんだから、そんなに分の悪い勝負でもないはずだけど——などとナイグラートは軽く言う。

「だったらせめて、まだ無事かどうかの連絡くらいいだな」

「現場に積層型の抑制陣《よくせいじん》を敷《し》いているから、飛空艇《てい》も飛ばなければ通信晶石《しょうせき》も通じないの。ついでに周りの気流もおかしくなってるから有翼《ゆうよく》種族にがんばってもらう手もアウト。超《ちょう》望遠距離《きょり》から、まだ戦闘《せんとう》が継続《けいぞく》中だってことを確認《かくにん》するのがせいぜいね」

ナイグラートは自分の赤毛をくるくると指先で弄《もてあそ》びながら、

「とまぁ、あの子たちの戦闘中に何の連絡もこない理由は、そんな感じらしいわ。私がここに来たばかりのころに、今のあなたとほとんど同じことを聞いたの。で、言われた言葉はだいたい今私が答えた通り。何かほかに聞きたいことは？」

「……ねぇよ」

肩《かた》を落とす。

「今のお前は、ずいぶんと落ち着いて見えるがな。慣れか？」

はあああ、とナイグラートは大きなため息を吐《つ》く。

「そうでもないわよ。これでも心臓はばっくばく。ここのところ、全然食欲《しょくよく》が湧かなくて困ってるんだから」

それはまた、そこだけを切り取れば、とても喜ばしい話だ。

「でも、どういう理由であれ小さい子たちが普通《ふつう》にしているのに、年長者が率先《そっせん》してパニックを起こすわけにもいかないでしょ？」

「そりゃまぁ、そうかもしれねぇけどよ」

暖炉に置かれた薬缶《ケテル》が湯気を噴《ふ》く。

てきぱきと紅茶の準備を進めるナイグラートの姿を横目に、

「待つだけしかできねぇのがここまでキツいってのは、知らなかった」

ふてくされるような声で、そうぼやいた。

ナイグラートは不安の表情の上からにやにや笑いを塗《ぬ》り重ねて、

「グリックから聞いたわよぉ、あなた最初のうちは、ちょっと格好いいこと言ってたんでしょ？　あの子たちのことを信じてるから、どんな結果になろうと受け入れるつもりだ、とかなんとか」

「最初のうちは、じゃねぇよ。今でも覚悟《かくご》は変わってねぇっての。

ただまぁ……あん時は、こんなに長くなるたぁ思ってなかったしよ。不安とか落ち着かねぇとかじゃなくて、その、少しだけ気になり始めただけだ」

「気になり始めただけ？」

「気になり始めただけだ。何か悪いかよ？」

「良い悪いじゃなくて、まぁーたクールで大物ぶったキャラが壊《こわ》れかけてるみたいな感じなんだけど」

少し思案顔になり、

「ああ――なるほど、そういうこと。あなた実は、自分のテリトリーじゃないと強がれないタイプなのね？」

「ぐ」

「だから不慣れな状況《じょうきょう》になると何をどうしたらいいのか分からなくて右往左往するしかない、と。わりと典型的な、自分に自信のない系の男の子、とか？」

「ぐぅ」

ひどい言われ方だが、悲しいことに反論できない。

ナイグラートは机の上に腕《うで》を組み、あごを乗せると、

「――慌《あわ》てたりへこんだり。ほんと、今のあなた、見ているぶんには面白《おもしろ》いわよね」

さらりと、また心を抉《えぐ》ってくれることを言う。

「鬼《おに》だなお前」

「だって鬼だもの。さっきひどいこと言われたから、お返し」

喰人鬼《トロール》は意地悪く舌を出してみせると、

「鬼扱《おにあつか》いのついでに言っちゃうけど、そういうときに暇してると、心の空回りが止まらなくなるわよ。環境《かんきょう》を変えたり、無理にでも忙《いそが》しくしちゃうのもひとつの手」

「ふん。魂胆《こんたん》はわかってる。だから仕事を頼《たの》まれろ、って言うんだろ？」

「正解」

にんまりと鬼が笑う。

ヴィレムは考える。冗談《じょうだん》めかした話しぶりだが、この鬼女《きじょ》の言うことには一理ある。

このままクトリたちを心配し続けること自体を悪いとは思わない。が、自分はもともと、それまでと変わらない日常を送るつもりでいたはずだ。そうしながら、彼女たちの帰りを待ち続けるはずだったのだ。今は無き故郷の養育院で、家族たちが自分の帰りを待ってくれていた時のように。

だったら、この提案には、乗る価値がある。

あの小娘《こむすめ》たちの帰りを、どっしり構えて待てる自分であるために。

「わかった。いったい何をさせたい？」

そう答えると、ナイグラートはぽん、と胸の前で手を叩《たた》き、

「ちょっとだけ遠いんだけど、行ってきてほしいところがあるのよね」

そんなことを言った。

3. 古い都と古い人間

ティアットが、夢をみたのだという。

行ったことのないはずのどこかで、見たことのないはずの光景を見て、会ったことのないはずの誰《だれ》かと話した。そんな夢だ。

話を聞いた限りでは、何もおかしなことはないように思えてしまう。夢というものはだいたいにおいてそんなものだ。実際の体験を追想することもあれば、まったく覚えのない支離滅裂《しりめつれつ》な幻像《げんぞう》を見せられることもある。

けれど、彼女たち妖精《ようせい》に限っては、どうやら話は違《ちが》うらしい。

なんというのか、目を覚ました瞬間《しゅんかん》に、これは特別な夢だと分かるものらしい。暖かかったり怖《こわ》かったり楽しかったり悲しかったりして、けれど現実には何の爪痕《つめあと》をも残さない普通の夢とは根本から違うのだと、理屈《りくつ》も理由もなく、そう強く確信できてしまうのだとか。

そして、それが、兆《きざ》しなのだ。

──ちょっとだけ遠い、とあいつは言った。

思えば、その時に確認しておくべきではあったのだ。その「ちょっと」というのは、つまり具体的にはどのくらいの距離を示しているのかと。

島を出て、飛空艇をいくつも乗り換《か》え、風に揺《ゆ》られることほぼ丸一日。

乗り物疲《づか》れで体力を使い切ったころになって、ヴィレムはようやく、目的地に到着《とうちゃく》した。

†

11番浮遊島《ふゆう》、コリナディルーチェ市。

石の匂《にお》いがする。

飛空艇のタラップを降りて最初に気づいたことは、それだった。

もうちょっと細かく言うならば、それは歴史を重ねた石や煉瓦《れんが》の匂いであり、踏《ふ》みしめられ続けてきた石畳《いしだたみ》の匂いであり、そこに生きる者たちの匂いであり、その街並みの中を吹《ふ》き抜《ぬ》ける風の匂いだった。

港湾《こうわん》区画のそばには、交易広場。ちょうど定期市の開かれる曜日であったらしく、年季の入った帆布《はんぷ》の天幕《テント》が行儀《ぎょうぎ》よく整列しているのが見える。その向こう側には目にも鮮《あざ》やかな、赤茶色と白灰色の街並み。

街を往《ゆ》く人々の種族は多彩《たさい》で、ほとんど偏《かたよ》りが見出《みいだ》せない。強《し》いて言えば狼徴人《リュカントロポス》が比《ひ》較的《かくてき》多いようにも見えるが、それだって、なんとなくそう感じるという程度のものだ。ヴィレムら同様の〝徴無し《シルシナシ》〟の姿もちらほらと見られる。どうやら、フードや帽子《ぼうし》で頭を隠《かく》す必要はなさそうだ。

「……へえ」

思わず感嘆《かんたん》の声が漏《も》れた。

「驚《おどろ》いた。想像してたよりずっと、普通に古都してるじゃねえか」

話には聞いていたのだ。そこは四百年以上の歴史を持つ、この浮遊大陸群《レグル・エレ》にある中で最も古い都市なのだと。それだけの長い間、戦火に焼かれることも、地上からの侵略《しんりゃく》者に滅《ほろ》ぼされることもなく時を重ねてきた、稀有《けう》な街なのだと。

とはいえ、そもそも浮遊大陸群《レグル・エレ》は空の上である。

そこらの大森林から古霊族《エルフ》が攻《せ》めてくることも、地平の彼方《かなた》から豚頭族《オーク》が押し寄せてくることもない。人家を焼くのを趣味《しゅみ》にしている厄介《やっかい》な竜《ドラゴン》はどこにもおらず、人間《エムネトワイト》という種にまるごと粛清宣言《しゆくせい》を下すようなおっかない星神《ヴイジトルス》も既《すで》に亡《な》い。この時点で、『戦火に焼かれていない』ということの希少性はほぼなくなる。

また、ここが空の上ということは、資材に限りがあるということでもある。特に石材を浮遊島から切り出すということは、そのまま自分たちの生きる大地を削《けず》り狭《せば》めることに等しい。だから自然と、石材というものは、比較的高価な建材となる。そして、石造りの街というものは見た目以上に石を消費するものだ。

だから、浮遊大陸群《レグル・エレ》屈指《くつし》の大都市にして随一《ずいいち》の古都だという話も、そうは言っても地上にかつてあった都市に比べれば大したことがないはずだと聞き流していたのだが。これは、侮《あなど》っていたことを反省しなければいけなそうだ。

樽《たる》が手足を生やしたような自律人形《ゴーレム》が、木箱を抱《かか》えてちょこまかと走り回っている。ぶつからないようにと道を譲《ゆず》ると、「ドーモデス」と軽く会釈《えしやく》をしてから走り去って行った。自律人形《ゴーレム》の人工自我にまで愛想《あいそ》を仕込んであるとは、観光や交易の盛んな街はやはり一味違う。

そんなことを考えながら歩き出そうとして、

「おい？」

同行者の姿が隣《となり》にないことに気づき、振《ふ》り返った。

「――――――ふわあ」

飛空艇《てい》のタラップの上。

特大のきらきらを振りまきながら、ティアットが立ち止まっていた。

ぽかんと大口を開けて、歓喜《かんき》と驚愕《きょうがく》と畏敬《いけい》とをごちゃごちゃに混ぜ合わせたような顔で、これでもかというほど見事に放心している。

「おいこら。さっさと来い」

と、呼びかけても反応がない。意識がどこかに飛んでしまっている。

「こら」

引き返し、その額を指ではじく。

「いたっ⁉」

「さっさと行くぞ。座りっぱなしの空の旅で疲れてんだ、手間かけさせんな」

「で、でも、11番浮遊島よ⁉　コリナディルーチェ市よ⁉　ホンモノの‼」

「まぁ、そうだな」

「歴史の集《つど》う場所！　蒼空《あおぞら》の宝石箱！　浪漫《ろまん》と伝説の煮込《にこ》み鍋《なべ》！」

何やら熱く語りだした。煮込み鍋って何だ。

「ここを舞台《ぶたい》にした名作だって、いっぱいあるんだから！」

「お前、68番を出てから、どこに行ってもそればっかりじゃねぇか。乗り換えのたびに目ぇきらきらさせやがって」

「だって、島の外なんて、これまで出たことなかったし……じゃなくて！　この島とこの街は特別なの！　別格なの！」

などと必死に訴《うった》えながら、小走りになってヴィレムの隣まで駆《か》けてくる。

周囲の注目を集めているのを感じる。〝徴無し〟に対する隔意《かくい》の目――ではなく、微笑《ほほえ》ましい家族連れを優《やさ》しく愛《め》でる視線だ。どこか田舎《いなか》の浮遊島から初めて都会に出てきた兄妹《きょうだい》連れ、のように見られているのだろう。

まぁ、その解釈《かいしゃく》でそれほど間違《まちが》っていない。

いつもあの狭《せま》い世界に住んでいるこの娘《むすめ》たちの世界は、本や映晶石《えいしょうせき》を通して見たものに限られる。島の外に来たというだけでテンションはあがってしまう。さらに、ここはどうやら好きな物語の舞台であるらしい。浮《う》かれる気持ちも、分からなくもない。

「いいから行くぞ。観光に来たわけじゃねぇんだからな」

分からなくもないが、尊重していてもきりがない。

「ええーっ、ちょっとくらい浸《ひた》らせなさいよ、こらぁ！」

小さな手を引っ張り、歩き始める。くすくすという笑い声が背中をくすぐる。悪目立ちすること自体には慣れているつもりでいたが、どうにもこの空気は居心地《いごこち》が悪い。

「あっ、あれ、ね、ねぇ、あれ近くで見てきていい⁉」

「……何だよ」

ティアットが視線で指し示す先には、大きな広場と、噴水《ふんすい》と、

「ファルシタ記念大広場の大賢者像《だいけんじゃぞう》！」

その中央に堂々とそびえ立つ、老人の像。

「と、言われてもな」

目を細めて像を観察する。精悍《せいかん》な顔つきの、フードをかぶった老人の像。芸術的なしろものなのかもしれないが、もともとヴィレムにはそういった方面の良し悪《あ》しがまるで分からない。人間《エムネトワイト》の作った芸術品ですらよく理解できなかったのに、異種族の作ったものが評価できるはずもない。せめて女人像《にょにんぞう》であれば男性視点のコメントくらいできたかもしれないが、相手が爺《じい》さんではそれも望めない。

「あれが何だって？」

「大昔にこの街を建てたひとの銅像で、恋人《こいびと》たちの逢瀬《おうせ》の定番コース！　いろんな物語で

舞台になってるんだから！」

「舞台？」

「ほら、『コリナディルーチェの星と風』のラストシーンで、〝錆色ノ鼻《ラストノーズ》〟が揚《あ》げジャガ食べてたでしょ！」

どうやらティアットも、あの像の芸術的価値に興味があるわけではないようだった。

「なんでも、想《おも》い合う二人が像の前で永遠の愛を誓《ちか》うと、五年の間は幸せになれるって伝説があるとか……」

「そりゃまたずいぶんと半端《はんぱ》な伝説だな」

永遠を誓ったはずだというのに、六年目の二人に何が起こるというのだろうか。いや、そんな話はこの際どうでもいい。

「観光はナシだ。忘れんなよ、お前は役目でここに来てんだからな」

「む……」

この一言で、ティアットは自分の立場を思い出したらしい。ぶんぶんと興奮のままに振り上げていた左腕《ひだりうで》を下ろして、ついでに肩《かた》を落とす。

「クトリみたいな、立派な妖精兵になるんだろ？」

「そう、よね。うん、そうだった。忘れてない」

足元に目を落とし、ヴィレムに引かれていた右手を振りほどき、とぼとぼと歩きだす。

「行こ」

ヴィレムは足を止める。ティアットは十歩ほど先に歩いたところで振り返る。

「どうしたの?」

「あー……帰りの飛空艇は、明日《あした》の夕方なんだが」

「ん? それが何?」

「役目の用事が終わった後になら、少し長く散歩するくらいの時間はとれるだろ」

「…………」

その言葉の意味を、すぐには理解できなかったらしい。

わかりやすくしぼんでいたティアットの表情が、ゆっくりと時間をかけて、満面の笑顔になる。

だだだと十歩の距離《きょり》を引き返してくると、ヴィレムの手をひっつかむ。

「ほら、ぐずぐずしない!」

へいへいお嬢様《じょうさま》、わかっておりますよ。

笑いを噛《か》み殺し、手を引かれるままに歩き出す。

——ちりっ、と。

不意に首の後ろを撫《な》でる、小さな違和感《いわかん》。

それは、ヴィレムがかつて地上で準勇者《クアシ・ブレイブ》をやっていたころに馴染《なじ》んでいた感覚。

（……害意……？）

それも単数ではない。複数の誰《だれ》かが、やはり複数の誰かに向かって敵意を抱《いだ》いている。

抗争《こうそう》の始まる寸前に特有の、うっすらとした緊張《きんちょう》が場を漂《ただよ》っていた。

とはいえ、規模は大したことがないし、敵意を向けられた先も自分たちではない。

「どうしたのよ？」

「ん？　いや、何でもねぇよ」

一見して平和な観光地であるここにも、やはりというか、だからこそというか、面倒《めんどう》ごとの種は潜《ひそ》んでいるものらしい。

（まぁ……関係ねぇか……）

こちらに降りかかってこない火の粉まで、わざわざ払《はら》いに行くような趣味はない。

放っておくことにして、手を引かれるままに街を往く。

世界を滅ぼす〈獣《けもの》〉たちには、聖剣《カリヨン》がなければ対抗《たいこう》できない。

しかし、聖剣《カリヨン》は、選ばれた人間にしか扱《あつか》えない。

そして、選ばれる選ばれない以前の問題として、人間族《エムネトワイト》はとうの昔に滅《ほろ》び去っている。

よって、〈獣〉たちには抗《あらが》えない。世界は終わりである。

†

——などと、そんな単純な理屈《りくつ》を受け入れるほど、人々は素直《すなお》ではなかった。

人間族《エムネトワイト》がもういないならば、その代役を立てればいい。

それが可能な存在がある。古来人間に寄り添《そ》い、人間の道具を用いて人間の仕事を助けてきた、ささやかな自然現象。幼くして死んだ子供の魂《たましい》が、自らの死を理解できないままに、この世界に迷い出てきていた結果として発生するもの。

かつての世界にあったそれは、大人の膝《ひざ》ほどまでの背しかない小人の姿であったという。だが、今の世に発生するそれは、より人に近い——幼い少女の姿をとっている。変わってしまった理由は不明だが、武器を扱わせるには都合が良かった。それにおそらく、姿がどのように変わろうと、それらの本質は昔から変わっていない。

人の傍《かたわ》らにあるために。人の助けとなるために。

人の背を追い、人の業《ごう》を真似《まね》る。

それらはそのために発生し、そのために消える。


「……といっても、妖精《ようせい》なら誰もが遺跡兵装《ダグウェポン》を扱えるのかといえば、そういうわけでもなくてね。素質自体は全員が備えているみたいだけれど、あまりに幼いうちには開花しないんだ」

「はぁ」

少し、首が痛い。

目の前に座るその男は、巨人《きょじん》だった。

ヴィレムの倍に届こうかという、筋骨隆々《りゅうりゅう》の身体《からだ》をしていた。

ついでに禿頭《とくとう》で、牙《きば》を生やしていて、白衣姿で、黒縁《くろぶち》の眼鏡（たぶん特注）の奥の単眼が理知的に輝《かがや》いていて、肩書《かたがき》は「医者」だった。

「ここはオルランドリの持っている総合施療《せりょう》院だ。器材も薬剤《やくざい》も、浮遊大陸群屈指《レグル・エレくつし》のものが揃《そろ》っている。〝兆《きざ》し〟となる夢を見た妖精にはここまで来てもらって、成体妖精兵として戦えるように身体を調整させてもらうことになっているんだよ。

遺跡兵装《ダグウェポン》は希少だし、敵は強大だ。身体が出来上がっていない妖精にただ剣を持たせて無理をさせたところで、いいことは何ひとつないからね」

声は穏《おだ》やかで、口調は丁寧《ていねい》で、言っていることも理性的。なのに体格だけが、これ以上ないほど怪物《モンストラス》然としている。どうにもこうにも違和感がぬぐえない。

「……そのティアットは、今どこに？」

彼の身体に合わせて建てられているのだろう、この部屋の天井《てんじょう》はやたらと高いところにある。犬猫《いぬねこ》の視界から人の世界を見上げたらこんな感じなのかね、などとぼんやり考える。

「あの妖精なら今身体検査中さ。向こうの部屋で、女医たちがやってくれている」

「じゃあ、担当医のはずのあんたは、どうしてこっちでサボってんだ？」

「ひとに任せられる仕事はそうするようにしてるだけだよ。そうでないところは僕がやる。今のうちに、君と少し話しておきたくてね。ヴィレム・クメシュ君」

ヴィレムは眉《まゆ》を歪《ゆが》める。自分はまだ、この男の前で名乗っていない。

「いやいやいや、そんな警戒《けいかい》しないでくれ」巨人の医者は両手を振《ふ》って「何か後ろめたいルートで君のことを調べたとかじゃなくて、ナイちゃんから手紙で話を聞いたというだけなんだ」

ナイちゃん？……ああ、ナイグラートのことか。

「限りなく怪《あや》しいルートじゃねぇか」

「確かに、言われてみるとそんな気もするね」

認めるのか。言い出しておいてなんだが、ナイグラートも気の毒に。

「とにかく、君は――」

巨人の言葉を遮《さえぎ》るようにして、どこか遠くから、小さな破裂《はれつ》音が聞こえた。

ほぼ等間隔《とうかんかく》に、三回繰《く》り返される。

「火薬銃《じゅう》か？」

「みたいだね。たぶん滅殺《めっさつ》奉史騎士《きし》団だ」

「……悪《わり》ぃ。公用語に不慣れなせいか、うまく聞き取れなかった。滅、何だって？」

「滅殺奉史騎士団」

「何だその、若気《わかげ》の至り全開すぎて五年後に後悔《こうかい》しそうな名前の騎士団は」

「現市長《メイヤー》の政策に納得《なっとく》できずにあちこちで暴れている若者たちの集団だよ。騎士団というのはただの自称《じしょう》だけど、バックについているのは旧貴族派だから、意外と正当な名乗りだったりする」

「はぁん」

なるほど、先ほど感じた敵意の正体はそれか。

「何にせよ銃ってのは穏やかじゃねぇな。急進派と伝統派の対立、みたいなやつか？」

「それに近いかな。大昔のここは獣人《じゅうじん》の街だったんだけど、彼らは縄張《なわば》り意識が強い傾《けい》向《こう》があるからね。この街の歴史は我々の歴史だと言い張って、他《ほか》の種族との交流をあまり良しと思わない者も多いんだ」

「ほぉ」

歴史。歴史か。

かつての世界、王都に住んでいた人々のことを思い出してみる。あそこはせいぜい二百年弱程度の歴史しか持たない都市だったが、住む者たちの多くは自分たちの都市に誇《ほこ》りを、あるいは愛着を持っていた。

『──誇りってやつぁ、本質的に、驕《おご》りと同じもんだ。価値ある何かに自分自身を関連付けることで、自分の価値を保証する。その自己満足によって心を強くする。

よく言うだろ。どんな薬も使い方次第《しだい》で毒になるし、その逆もまた然《しか》りってな。

誇りも同じだ。使い方次第で美しくも醜《みにく》くもなる。幸か不幸か高貴な家に生まれちまったお前は、まずそのことを頭に叩《たた》き込んでおかなきゃならねぇ』

脳内に勝手に蘇《よみがえ》ってきた師匠《ししょう》の言葉を、適当に振り払う。あの男の言葉はどれもこれもそれっぽくて、頭の隅《すみ》にこびりついたまま、なかなか消えてくれない。そもそも今の言葉をかけられたのは妹弟子《でし》であり、自分は横で聞いていただけだというのに。

「昼間から銃声《じゅうせい》が聞こえるような街に、伝統もへったくれもないだろうにな」

「大きい組織で意思の統一がとれていないなんて、よくある話さ。それに案外、連中の上のほうも、それで余所《よそ》者が近寄らなくなるなら問題ないとか考えているのかもね」

「なるほど」

ありそうな話だと思えたので、少し考えてから素直にうなずいた。

「五百年を超《こ》えて生きている君には、四百年の歴史じゃ大したものに思えないかな？」

一瞬《いっしゅん》の沈黙《ちんもく》をどのように受け取ったのか、巨人が妙《みょう》なことを言い出す。

「……何も積み上げずに過ごした俺の五百年は、歴史とは呼べねぇだろ。比べるほど傲慢《ごうまん》にゃなれねぇな」

「謙虚《けんきょ》だね」

「派手に寝坊《ねぼう》したってだけのことを自慢《じまん》したって、みっともねぇだけだろ。それに」

口ごもる。

「それに——何だい？」

笑顔で先を促《うなが》される。

単眼鬼《キクロペ》の笑顔は怖《こわ》い。子供が見たら絶対に泣く。下手《へた》をしたら、ちょっとした心の傷になるかもしれない。

ヴィレムは子供でもなかったし怯《おび》えたわけでもなかったが、

「……何でもねぇよ」

ぱたぱたと手を振ってごまかした。

「ふぅん？」

巨人の単眼が、心の内を覗《のぞ》こうとでもいうように、細められる。

「ま、そうだね。

君にとってこの浮遊大陸群《レグル・エレ》は、夢の中のような世界だ。現実味が薄《うす》かったり、何もかもが作り物めいて見えていてもおかしくない。そんな世界の数字じゃ、四百年なんて言われてもピンとこないか」

「ンなこた言ってねぇだろ」

「そうか。これは失礼した」

巨体を軽くゆすって、肩《かた》をすくめる。

扉《とびら》がノックされ、白衣を着た爬虫種《レプトレイス》が部屋に入ってくる。

体格の個体差の激しい爬虫種の中では、やや小柄《こがら》なほうだろうか。その爬虫種《レプトレイス》はヴィレムに対して小さく一礼すると、巨人に何枚かの書類を手渡《てわた》し、部屋を出ていく。

「……ティアット君の診断《しんだん》結果が出たよ」

「聞いてもいいのか？」

「もちろんそのつもりだ。ええと……」

くいっ、と眼鏡の位置を直す。

註釈《ちゅうしゃく》を添えて読み上げる。いわく、身体発育状況《じょうきょう》は年齢《ねんれい》相応で、健康状態にも申し分ない。ミルクの摂《と》りすぎでやや消化器官に負担《ふたん》がかかっている点と、虫歯になりかけている歯が数本ある点だけは問題か。

「以後気をつけさせる」

こめかみを指先でほぐしながら答える。

思い当たる点は多い。ティアットはことあるごとに『背を伸《の》ばすの！』と言ってはミルクの一気飲みを敢行《かんこう》していたし（そのたびに死にそうな顔でむせていた）、甘いものへの執着《しゅうちゃく》もひと一倍だ。改めて突《つ》き付けられると、恥《は》ずかしい限りの話である。

「一番の懸念《けねん》点だった前世からの侵食《しんしょく》も、浅いレベルに留《とど》まっている。うん、彼女はきっと、良い妖精兵になるよ」

「……侵食？」

「そう、侵食だ。彼女たちは例外なく転生体、というか死者の魂そのものだからね。今の姿に生まれる前には、別の誰《だれ》かだった。そっちの記憶《きおく》が残っていたり思い出したりすると、今ある人格や肉体に深刻な悪影響《あくえいきょう》が出ることがある」

話の内容に納得するよりも先に、すらすらとその説明が出てきたことに戸惑《とまど》う。

「医学っていうより、呪術《じゅじゅつ》の領分じゃないか、そりゃ。最近の医者は、死霊術《ネクロマンシー》にも通じてるもんなのか？」

「患者《かんじゃ》の治療《ちりょう》に役立つ知識は、すべて医学さ。だろう？」

言って、唇《くちびる》の端《はし》を上げる。どうやらジョークのつもりらしい。

「ま、その呪術《じゅじゅつ》的な心配も、ティアット君に関しては特に要《い》らないということだ。彼女はしっかりと彼女自身でいられてる。状態良好だよ」

「なら、いいんだけどな」

――何かがひっかかる。

喉《のど》の奥の小骨のような違和感《いわかん》。だが、その正体はつかめない。

妖精兵《ようせい》にふさわしい体質へと調整を行うため、ティアットを丸一日ほど施療院に預けなければならないらしい。

投薬や催眠《さいみん》暗示などを使う、と聞いて不安になったのが顔に出たのか、

「心配しなくていいよ、身体《からだ》への負担はほとんどない。これまで遺跡兵装《ダグウェポン》の適性を得た妖精兵たちのほとんどが通った道なんだからね」

そんなことを言われれば、まさか意味もなくごね始めるわけにもいかない。

「立派に成長してくるから、期待して待っててちょうだい！」

気合いたっぷりに親指を立ててくるティアットの頭を軽く撫《な》でて、

「調整しても背は伸びないらしいぞ」

耳元でそんなことを囁《ささや》いてやって、

「べ、別にそういうのを期待してたわけじゃないし!?　ほんとよ!?」

真っ赤になってそう主張するのを、笑顔《えがお》で送り出した。

笑顔で、送り出せた。

『立派に成長してくるから、期待して待っててちょうだい！』
彼女が立派に成長することに、いったい自分たちは何を期待すればいい？
決まっている。戦場に行くことだ。
兵器として戦い、消耗《しょうもう》し、力尽《ちからつ》きていくことだ。
兵器として生まれ、育てられ、完成する彼女たちの〝生〟を完結させることだ。
この世界はゆっくりと、終わりに向かっているらしくて。
俺自身の物語も、とっくの昔に終わっていて。
そして今、俺は、彼女たちの終わりに手を貸している。
「気分のいいもんじゃねぇな、こりゃ」
軽く頭を振《ふ》って、今夜の宿を探すことにした。

4. ひとつの結末

一人、夢を見ずに、朝を迎《むか》えた。

体調はすこぶる良い。が、気分はあまりよろしくない。

「……落ち着かねぇな」

柔《やわ》らかいベッドに背中を預け、唸《うな》るような息を吐《は》く。

嫌《いや》なことばかりを考えてしまうのは、たぶん、このベッドのせいだ。

お高い布団《ふとん》を使っているのだろう、やたらと深くまで背中が沈《しず》みこむ。違和感がある。

天蓋《てんがい》も高く、さらに巨大《きよだい》な竜《ドラゴン》の絵柄《えがら》が迫力《はくりよく》たっぷりに彫刻《ちようこく》されているので、これまた落ち着けない。

コリナディルーチェ市護翼《ごよく》軍司令本部、指揮官用仮眠《かみん》室。

仮眠室とは名ばかりで、広さも設備も、立派な客室のそれだった。

ヴィレムは士官としての教育を受けてもいないし、戦場で勲功《くんこう》を積んだわけでもない。が、それでも特殊《とくしゆ》な（まっとうでない）経緯《けいい》により第二位呪器技官という立派な肩書《かたがき》を持っている。自分の身分証とナイグラートによる紹介《しようかい》状を見せたら、「任務中はこちらにご滞在《たいざい》ください」とこの部屋に通されたのだ。

二位技官って、偉《えら》かったんだなぁ……

そんな間の抜《ぬ》けたことを、今さらながらに実感する。

偉い人になるには、本来それなりの理由が必要になる。実力やら財力やら七光りやらを持ち合わせていなければ、出世などおぼつかない。ここは、そういう条件を乗り越えてきた連中のための部屋だ。

そもそもグリックが何をどうやって自分を二位技官なんてものに据《す》えたのか、そこのところからしてよくわかっていない。現在に至るまで問題が起きていないことなどを考えると、単純な書類の偽造《ぎぞう》や改竄《かいざん》などではなさそうではあるが。

何にせよ、地位や権利と自分の価値が釣《つ》り合っていないということには間違《まちが》いない。そのせいで、ここの真面目《まじめ》な兵士たちを騙《だま》しているような後ろめたい気持ちにもなって、なおさら落ち着かなくなったりもするのだ。

「散歩でもするか……」

ティアットを引き取りにいくのは夕刻以降。だいぶ時間に余裕《よゆう》がある。

そもそも、こんな遠い島まで来たのは、暇《ひま》を持て余していてはろくなことを考えないからだ。ならば、部屋の中でごろごろしていたのでは意味がない。せめて、浪漫《ろまん》と伝説の煮《に》込《こ》み鍋《なべ》と名高いらしいこの街を見物でもしてくるべきだろう。

「どうせ帰る前に、ティアットにあちこち引きずり回されるんだろうからな」

なにせ、あれだけ楽しみにしていたのだ。いざ観光する段になってから道に迷って時間を使い果たしましたー、などという結末はいくらなんでも可哀想《かわいそう》——もとい、気を落とすであろうあいつを68番島まで引きずっていくのは、少しばかり面倒《めんどう》だ。

だから、先にめぼしいところを一通り下調べしておいてやるのもいいだろう。

けけけ、と小さく笑うと、少しだけ調子が出てきた。


正面玄関《げんかん》近くの廊下《ろうか》に出たところで、気づく。

窓の外に広がる街並みが、黒く濡《ぬ》れ始めている。

雨が降っていた。

「なんで今このタイミングで降り出すかねぇ?」

廊下の片隅《かたすみ》に雨漏《あまも》りしている天井と、その下に置かれた大振《おおぶ》りなバケツ。

外からは立派に見えるこの建物も、やはり年季が入っているだけあって、場所によってはそれなりにガタも来ているらしい。軍服姿の緑鬼族《ボーグル》たちが顔を寄せ合って、木の板はどこだ木槌《きづち》はどこだと話している。

「まぁ……雨の古都ってのも、風情《ふぜい》とかがあって悪くなかったりするだろ、たぶん」

傘《かさ》は、まぁこの護翼軍本部で借りられるだろう。それが無理そうなら、近くの土産物《みやげもの》屋あたりで買ってしまえばいい。と、

「きゃっ⁉」

空を見上げ考えごとをしていたせいで、反応が少しだけ、遅《おく》れた。

正面玄関に飛び込んできた女性と、正面からぶつかりそうになる。

意識の反応が遅れた時間の隙間《すきま》に、刷り込まれた条件反射が身体を勝手に動かす。女性の動きを敵の突撃《とつげき》とみなし、最小の動きで直線上から身体をずらし、そのまま死角となる場所へと滑《すべ》り込ませた。今にも転倒《てんとう》しそうな女性のうなじに照準を定め、手刀の一撃を振《ふ》り下ろす——

その寸前になって、ようやくヴィレムの意識が反射神経の暴走を抑《おさ》え込んだ。

「よっと」

手刀を引き、女性の腰《こし》に腕《うで》を回し、身体を支える。きゃうっ、という小さな悲鳴。

「あ、ええと……」

「危ねぇな。走る時には前を見ろといつも言——じゃねぇか」

いつもの癖《くせ》で、小言めいた言葉が口をついて出た。相手はちび妖精どもではないのだと気づき、苦笑《くしょう》交じりに言葉を切る。

女性をその場に立たせ、身を離《はな》す。

狼徴人《リユカントロポス》の娘《むすめ》だった。

白く柔らかそうな毛で、薄《うす》く肌《はだ》が覆《おお》われている。顔のつくりは、鼻の高い犬狼《けんろう》系のもの。

ぴんと尖《とが》った両の耳だけ、浅く焦《こ》げた藁《わら》のような色の毛に包まれている。仕立てのよさそうな絹のドレスなどを着ているところからして、良いところの生まれなのだろうか。

そんなお嬢様《じょうさま》が、この雨の中、どうして軍の施設《しせつ》に駆《か》け込んできたりするのか。兵士には見えないが、衛兵が門を通したということは少なくとも関係者ではあるわけか。

「ありがとう、ござい、ます……？」

何が起きたのかをいまだ理解していない顔で、娘は丁寧《ていねい》に頭を下げた。上品なその仕草ひとつをとってみても、やはり、この場所にはまったくそぐわない。

「前を見ないで走ると危ねぇぞ、特に軍の施設なんて、どこに危険物があったもんか分かったもんじゃねぇ」

「あ、はい、申し訳ありませんでした」

再び頭を下げる娘に対しぞんざいにうなずいてみせると、

「そんじゃ、俺はここで」

とっととこの場を離れることにした。

面倒ごとは嫌《きら》いだ。特に女や子供が絡《から》むやつは最悪だ。何せ逃《に》げられない。一度女子供に助けを求められた後になって尻尾《しっぽ》を巻くというのは、何というか、許されない。たぶん、いや間違《まちが》いなく師匠《ししょう》の教育のせいだ。あのクソジジイのろくでもない訓《おし》えが、今もこの自分の血肉となって生きているせいだ。

だから。面倒ごとのにおいを嗅《か》ぎつけたなら、助けを求められるより先に逃げ出してとっくに越《こ》したことはないのだ。

歪《ゆが》んだ考え方だとか、優《やさ》しさが中途半端《ちゅうとはんぱ》だとか、昔はよく言われた。そんなことはとっくに自覚している。けれど、自分の心をうまく制御《せいぎょ》できていない人間なんてものは、誰《だれ》だって周りから見れば歪んでいて半端なものなのだ。だから俺は間違っていないし悪くない。逃げよう。

「あ、あの、すみません！」

逃げられなかった。

娘に背を向けたまま、ぎぎぎと首だけで振り返る。

「何だよ？　触《さわ》ったことなら謝らねぇぞ？」

「いえ、その件に関しての責は私《わたくし》にありますので、刃《やいば》を収めます」

「そうか、物わかりが良くて何よりだ……って、刃？」

娘はヴィレムの疑問に構わず、

「そうではないのです。〝石灰岩ノ肌《ライムスキン》〟一位武官にお願いしたいことがあるのですが、お目通り願えないでしょうか」

「ライ……ム……って、え？」

聞いた名が出てきた。

乳白色の鱗《うろこ》を持つ、爬虫種《レプトレイス》の大男。妖精《ようせい》たちを率いて戦場に連れていく当の本人。ヴィレム・クメシュ第二位呪器《じゅき》技官の、書類上での直接の上司。

しかし彼は今、

「あの大トカゲなら、遠い空の下で交戦中だぞ？」

15番浮遊《ふゆう》島に漂着《ひょうちゃく》しているという〈深く潜む六番目の獣《テイメレ》〉を打ち払《はら》うべく、クトリたちを連れていった。そしてまだ、その戦いの結末は見えていない。

あ、いや、少し違う。

番号の近い浮遊島は、原則的に、距離《きょり》も近い。ここは11番浮遊島なのだから、15番浮遊島までそう極端《きょくたん》には離れていない。飛空艇《てい》で二時間も揺《ゆ》られれば辿《たど》りつけるだろう。だから、遠い空の下という表現だけは少し大袈裟《おおげさ》だった。——わざわざ訂正《ていせい》はしないが。

「いつごろお戻《もど》りになるのかは」

「不明だ。むしろ俺が知りてぇよ」

本音である。

「積層型の抑制陣《よくせいじん》がどうのこうのって理屈《りくつ》で、通信も封《ふう》じられてんだ。報《しら》せは決着の着いた時のみってな。まったく心臓に悪《わり》ぃ話だ」

「そう、ですか……」

肩《かた》が落ちて、両耳がぺたんと下がる。わかりやすい。

「ま、用があるならそこらにいる他《ほか》の兵士を捕《つか》まえてだな——」

たまたまそばに通りかかった緑鬼族《ボーグル》を顎《あご》で示そうとした。


どよめきが、聞こえた。


建物の中が、急に慌《あわ》ただしく動き始める。

兵士がどこかから走ってきては、そこらにいた別のやつを捕まえて、何やら小声で会話したかと思うと、二人ばらばらになってどこかへ走り去る。

何か状況《じょうきょう》に変化があったことだけは、見るだけで理解できた。

そして、どうやらそれは望ましくないもののようだと、直感が訴《うった》えてきた。

「な、何でしょう？」

獣人《じゅうじん》の娘が戸惑《とまど》い身をすくめる。が、ヴィレムはそれにかまわず、目の前を走り過ぎようとした豚頭族《オーク》の首根っこをひっつかんだ。

「何が起きた？」

　簡潔に、尋《たず》ねる。

「き、機密ダ。規定の連絡《れんらく》経路を使ってしカ、情報の伝達は許可されていなイ」

「真面目なお勤め実にご苦労、と言いたいところだけどな」

　ちらり、と豚頭族《オーク》の階級を確認《かくにん》する。一般《いっぱん》兵。

　軍服に縫《ぬ》い付けられた自分の階級章を見せつけて、

「ヴィレム・クメシュ第二位呪器技官だ。遺跡兵装《ダグウェポン》および黄金《レプラ》——それを操《あやつ》る兵士の管理責任は俺にある。むろん、それらを運用して行われる戦闘《せんとう》に関するすべてのデータを閲覧《えつらん》する権限もある」

　嘘《うそ》だ。そもそもヴィレムは自分の地位にどれだけの権限がついてくるものなのかについて理解していない。興味がなかったので、知ろうともしていなかった。

　なので、今はとにかくハッタリを押し通す。

「改めて、情報の開示を要求する。何が、起きた？」

　語気を強めて、詰《つ》め寄る。

　豚頭族《オーク》は怯《おび》えたように肩を一度震《ふる》わせてから、

「第一船団より連絡がありましタ。15番浮遊島における戦闘の結果についてでス」

ヴィレムの息が止まる。

第一船団からの連絡《れんらく》。15番浮遊島《ふゆう》の戦いの結果。

それは自分がずっと知りたいと思っていたことだ。

戦いはどちらの優勢で進んでいるのか。いつ終わりそうなのか。彼女たちはまだ無事なのか——そういった過程のすべては、これまでずっと抑制陣《よくせいじん》とかいうヴェールに隠《かく》されていた。自分たちは、何ひとつ知ることができなかった。何の覚悟《かくご》もできていなかった。

彼女たちは、結局、どうなったのか。

「我々ハ、〈六番目の獣《ティメレ》〉との戦闘ニ——」

言葉を最後まで聞かずとも。

豚頭族《オーク》の表情が、すべてを語ってくれている。

だから、ヴィレムは笑った。

心の中がぐちゃぐちゃになってしまっていたから。

覚悟していたはずの結果に、ありのままに受け入れると決めたはずの結末に、どのように向き合えばいいのかわからなくなってしまったから。

唇《くちびる》の端《はし》を吊《つ》り上げるだけの、力のない笑《え》みを浮《う》かべたまま。

その言葉を、聞いた。

「――敗北しましタ」

目の前が真っ暗になった。

膝《ひざ》の力が抜《ぬ》け、その場にくずおれた。

「だ、大丈夫《だいじょうぶ》ですか⁉」

獣人の娘が駆《か》け寄ってくる。が、差し出された手に応《こた》えるどころか、顔を上げることすらできない。

馬《バ》ッ鹿《カ》じゃねぇのか。

心のどこかで、もう一人の自分が呆《あき》れている。

驚《おどろ》くようなことじゃないはずだ。衝撃《しょうげき》を受けるようなことでもないはずだ。

勝率はせいぜい、五分よりちょっと上。それは自分で言った言葉のはずだ。五分に少し満たない程度の確率で彼女たちは負けるのだと、最初から理解していたはずなのに。

「はは、は……」

口元はまだ、笑顔の形に歪んだままだったから。

笑い声だけは、驚くほど簡単に、喉《のど》の奥からこぼれ出てきた。

笑い声だけしか、出てこなかった。

†

「……早く連絡したほうがいいと思う」

「そうっすよー？　誰かさんが、たぶん心臓ばくばくいわせて待ってるっすから」

「でも……」

「事情ガ事情ダ。通信晶石《しょうせき》ノ使用許可ハ出ソウ」

「ほら、偉《えら》いひともこう言ってくれてることだし」

「でも！　通信晶石って、こっちの格好、向こうに見えるんでしょ？」

「そりゃまぁ、そのためのものっすからねぇ。何か問題でも？」

「だから！　こんな泥《どろ》だらけで、かわいくない服着て、髪《かみ》の毛もぼさぼさで！」

「いーじゃないっすか、ありのままで。いまさら取り繕《つくろ》うような間柄《あいだがら》でもないっしょ？」

「それでもほら、なんていうか」

「何日か会ってなかったから？」

「そう、それ。なんていうかこう、心の準備とかいる感じだし」

†

「……は……？」

どこかで聞いた声。

足音とともに、近づいてくる。

顔を上げて、そちらを見る。

「はー……、なんていうか、至近距離に見る乙女《おとめ》脳って、けっこうウザいっすねー」

枯草《かれくさ》の色の髪をした少女が、やれやれとわざとらしく首を振《ふ》る。

「そういうのじゃないし！　これは、何ていうか、最低限のマナーっていうか」

蒼空《あおぞら》の色の髪をした少女が、肩をいからせて反論する。

「この、今さらすぎる意識してませんよアピールがまたわざとらしいとゆーか何とゆーか。昨日まであんだけ開き直ってたクトリはどこいったんだってーか。ふだん真面目《まじめ》なコが色気づくと限度を知らないから手に負えない、ってのは本当だったんすねー」

「ん」

くすんだ灰色の髪をした少女が、こくんと小さく頷《うなず》いて同意を示す。

「二人とも敵なの⁉」

蒼空《あおぞら》が、悲痛な悲鳴をあげる。

三人ともが、どことなく疲《つか》れ切った姿をしている。髪は乱れ、顔は泥と埃《ほこり》に汚《よご》れ、着ているものもモサッとした麻《あさ》の服だ。なるほど、お世辞にも洒落《しゃれ》ているとは言いづらい姿なのは間違《まちが》いない。

そして、もうひとつ。少なくとも、距離を離《はな》して見ている限りでは。

三人とも、生きている。

目立った怪我《けが》も、していない。

動いて、話している。

「お」アイセアが、こちらの視線に気づいた。

「ん」ネフレンが首をかしげた。

「え」クトリが振り返り、凍《こお》り付く。

「……お前らあああ！」

真っ暗だった目の前が、今度は白に染まった。

何も見えないということだけは変わらなかったが、それでも、どこに行って何をするべきなのかは、身体《からだ》が理解していた。

――膝を曲げる必要もない。力を溜《た》める必要もない。そんな時間は要《い》らない。全身を捻《ねじ》るようにして、前方へと滑《すべ》らせるように墜落《ついらく》させていく。動物の体が本来そう作られているように、脚《あし》の力で全身を前に押しやるやりかたでは、どうしても初動が遅《おく》れる。かつて人間族《エムネトワイト》が人間族《エムネトワイト》以上の力を持つ敵と滅《ほろ》ぼし合っていた時代に、限界を超《こ》えた速度で地を駆ける技術が希求され、北の果ての地にて生み出され、西の戦場にて研鑽《けんさん》され、そして結《けっ》晶《しょう》した。正式な名を鶯賛崩疾《おうさんほうしつ》などというらしいこの技術、修められる者は冒険者《アドベンチャラー》や準勇者《クアシ・ブレイブ》たちの中でもほんの一握《ひとにぎ》りだけという難解なものではあったが、その分、極《きわ》めれば古霊種《エルフ》の動体視力をすら欺《あざむ》く絶技であるとされていた。

それを実行した結果を要約すると、『今の今まで脱力《だつりょく》し膝を折っていた男が、ほとんど予備動作もなく、いきなり目にも留まらない速度で駆け抜けた』となる。そして、

「なななななにっ!?　え、え、えええええっ!?」

次の瞬間《しゅんかん》には、離れた場所にいたはずのクトリに、全力で抱《だ》きついている。

「ちょ、ちょと、痛い、苦しい、息できない、恥《は》ずかしい、泥だらけだし擦《す》り傷だらけだしお風呂《ふろ》入ってないしみんな見てるし、ってこら聞いてる!?」

たぶん当人も何を言っているのか分かっていないだろう抗議《こうぎ》の声は、もちろんヴィレム

の耳には入っていない。

「……どこから湧《わ》いたっすか、このひと」

アイセアが尋ね、傍《かたわ》らに立つ爬虫種《レプトレイス》の大男――〝石灰岩ノ肌《ライムスキン》〟一位武官を見上げるが、彼は小さく肩《かた》をすくめるだけで何も答えない。

「だから、早めに連絡《れんらく》した方がいいって言った」

ネフレンがぽつり呟《つぶや》く。

「そりゃ確かに言ってたっすけど、技官がここまで壊《こわ》れてるのまで予想してたっすか？」

「壊れる？」

「ほら。このおにーさんって、もっと格好つけて、気障《きざ》っぽくびしっとキメたがるタイプじゃないっすか。それか、ちょっとひねくれ者っぽく斜《しゃ》に構えるとか。なのに両方ともあんまり似合ってないところとかが可愛《かわい》い感じで」

アイセアは一本立てた指先をくるくる回しながら、

「だからなんかこー、軽く頭とか撫《な》でて『よくやったな』とか渋《しぶ》い感じに言うだけとか、それでクトリが『もっと何か言え！』みたいに切れるとか、そーゆークール系の再会を予想してたんすよ、あたしは」

「……ヴィレムは、前からこんな感じだった」

一方のネフレンは、慌《あわ》てるクトリを横目に、淡々《たんたん》と語る。

「一生懸命《いっしょうけんめい》で、一直線で、あんまり周り、見えてない。壊れるまで立ち止まらないし、立ち止まったら直るまで動けない。危なっかしくて、ほっとけない感じ」

「あー。わかるよーな、わからないよーな感じっすねー」

アイセアは首をひねる。

「クトリはそのへん、どう思うっすか？」

「楽しくおしゃべりとかしてないで、さっさと助けろって思ってるっ!!」

悲鳴じみた抗議の声。

「でも、本人の気のすむまでハグさせてあげたほうが、いいと思う」

「無理！　その前に背骨折れるか窒息《ちっそく》するか恥ずかしさで絶対に死ぬから！」

「それだけしゃべれてるなら、窒息だけは心配いらないと思うっすけどねえ」

ふむ、と小さく息を吐《は》いてネフレンはヴィレムの袖《そで》を軽く引く。

爪先《つまさき》で立ち、ヴィレムの耳元に口を寄せて、

「大丈夫。みんな、ここにいる。いなくなったりしないから」

囁《ささや》いて、ぽん、と肩を軽く叩《たた》く。

効果はあった。ゆっくりと、ヴィレムの目に、理性が戻《もど》ってくる。

「……レン」

「ん」名を呼ばれ、ネフレンが小さく頷く。

「アイセア」

「どもっす」片手を挙げる。

「それに」自分の腕《うで》の中を見下ろして、「クトリ」

「いいから早く離して、ほんと恥ずかしいんだからっ！」

ぐるりと辺りを見回して状況《じょうきょう》を把握《はあく》してから、「悪《わり》ぃ」と呟き、腕をほどく。

無言のまま身体を離したクトリが、きっ、と真っ赤な顔でヴィレムを睨《にら》みつけて――


「ぐだぐだっすねぇ」

アイセアが意地悪く笑い、

「うん」

ネフレンが何かを諦《あきら》めたように頷き、

――音高く、ヴィレムの頬《ほお》が鳴る。

『誰も彼もが、正義の名のもとに』

-from dawn till dusk-

1. 愛と正義の正しい使い方

やたらと天井《てんじょう》の高い作戦室。

部屋の中央にどでんと据《す》えられた机もやたらと大きくて、おそらくはそれに合わせて特注されたものであろう椅子《いす》の背も無闇《むやみ》に高い。様々な種族の兵士が集《つど》う場所だということで、もっとも体格の大きな者たちに合わせてもろもろを整えた結果なのだろう。

そして今、おそらくはその最大の体格の持ち主であろう馬鹿《ばか》でかい爬虫種《レプトレイス》が、頑丈《がんじょう》そうな彼専用の椅子に腰《こし》かけて、ガラガラガラと大笑いしている。ふだんと表情が変わっていないので、実に気味が悪い。

「ティアットに成体妖精《ようせい》兵化の兆《きざ》し、っすか……ずいぶん早いっすね」

椅子の上で足をぶらぶらさせながら、アイセアが首をかしげる。

三人は既《すで》に湯を浴びて埃《ほこり》を落とし、女性用の略式軍服に着替《きが》え直している。いつもの私服と違《ちが》う服装であるというだけで、どことなく大人びて見えてくるから不思議だ。

「あのちびたちが剣《けん》を持つまで、あと二年くらいはかかると思ってたっす」

「嬉《うれ》しくなさそうだな？」

頬を赤く腫《は》らしたまま、ヴィレムは尋《たず》ねる。

「や、ちーさいうちに戦場に行けるようになったって、いいことばかりでもないっすからね。ドジ死の危険も大きいし、うまくいっても変なトラウマとか抱《かか》えかねないし。正直、複雑な気分っすよ」

「それでも、祝福はしてあげないとね。知ってるでしょ？　あの子、ずっと、成体になるのを目標にしてがんばってたんだから」

クトリが横から口をはさみ、

「そりゃまぁ、わかってるっすけどー……うん、複雑なものは複雑っすよー」

アイセアは眉《まゆ》の間に皺《しわ》を寄せる。

「俺がここにいる理由はそんなもんだ。

それより、結局何がどうなったのかを教えてくれ。15番島の戦いには負けたと聞いたぞ。なのに何で、全員そろってここにいる？」

〝石灰岩ノ肌《ライムスキン》〟が笑い声をぴたりと止めて、磨《みが》いた石ころのような目でまっすぐにヴィレムを見据える。

「傷ツキシ戦士ヨ、ソノ問イニハ我ガ答エル」

「お、おう……？」

まさかそんなところから反応が返ってくるとは思っていなかったヴィレムが戸惑《とまど》う。

「先《ま》ズハ讃《たた》エヨウ。汝《なんじ》ノ鍛《きた》エシ刃《やいば》ハ輝《かがや》イテイタ。

獣《けもの》ノ牙《きば》ヲ確カニ打チ砕イテミセタ。凱歌《がいか》ハ我ラトトモニアル筈《はず》デアッタ。

ガ……卜占《ぼくせん》ノ導キノ彼方《かなた》ニ陥穽《かんせい》ガ開イテイタ。牙ハ別ナル牙ト重ナルモノデアッタノダ。

未知ナル牙ニタダ挑ム蛮勇《ばんゆう》ヲ厭《いと》イ、我ハ大地ヲ墜《お》トス決断ヲ下シタ」

…………えっと？

「悪《わり》ぃ。さっぱりわからん」

そうでなくとも、口蓋《こうがい》の造りが異なる爬虫族《レプトレイス》の発音は、自分たちにとって聞き取りづらいものだ。そこに、おそらくは彼の癖《くせ》であろう遠回しな言い回しが加わることで、会話の難度はさらに跳《は》ね上がる。

「ソウカ」

しゅん、と〝石灰岩ノ肌《ライムスキン》〟が肩《かた》を落とす。本来であれば愛嬌《あいきょう》を感じてもおかしくない仕草ではあったが、見上げるような大トカゲにはまったく似合っていない。

「んまぁ、要約するとつまり、戦術予知に引っかかってた問題の〈六番目の獣《ティメレ》〉には、なんとか勝てそうだったんすよ」

アイセアが口をはさむ。

ちらりとクトリに視線を向けてから、

「なんていうかこう、この子がわりと意味わかんないレベルのパワーインフレ起こしてたんで、序盤《じょばん》の戦闘《せんとう》はマジ順調だったんす。

てかあれまじ何なんすか。あたしゃ一度、この子一人に全部任せてあと全員退却《たいきゃく》していいんじゃないかってわりと本気で考えちゃったんすけど」

「極位古聖剣セニオリスは星神《ヴィジトルス》すら斬《き》る剣だ。正しい使い手が正しく使えば、それ以外の相手にゃ負けねぇよ――な？」

話を振《ふ》ってみたが、クトリはそっぽを向いたまま、返事をしてくれない。

「すっかりすねちゃってるっすねぇ」

アイセアがにやにやと笑っている。ヴィレムは咳払《せきばら》いをひとつはさみ、

「……話の続きだ。勝てそうだったが、勝てなかった。何があった？」

「戦術予知に引っかからなかったやつがもう一体、いたんすよ。

もともと〈六番目の獣《ティメレ》〉は、何十回か殺さないと滅《ほろ》びないバケモノっす。しかも、殺されるたびに殻《から》を脱《ぬ》ぎ捨てて強くなる。今回はさらにいつもより大増量、二百回殺してもまだ元気っていうめちゃくちゃなやつで、こっちには限界突破《とっぱ》クトリがいたのに中盤からは苦戦続きで、その時点で既にいろいろとヤバかったんすけど……

二百十七回目。殻の中から、二匹《ひき》出てきたんすよ」

「は？」

間の抜《ぬ》けた声を出してしまった。

「片方は、それまで通りの〈六番目の獣《ティメレ》〉。

でももう片方は、違う何かだった。

予知は〈六番目《ティメレ》〉の襲来《しゅうらい》をすべて読み切ることができるっすけど、そいつに相乗りして攻《せ》めてくるやつがいるなんてことはさすがに読みようがなかった。〈六番目《ティメレ》〉と違って高速成長はできないから、表に出てくるまで時間がかかったんすかね。

火器がほとんど通用してなかったみたいなんで〈十七種の獣〉のどれかだとは推測できたんすけど、それ以上はさっぱり。戦って勝てる相手なのかどころか、そもそも何をどうしたら戦いが成立する相手なのか、何ひとつとしてわからない。

てなわけで、浮遊《ふゆう》島ごとそいつらを地上に叩《たた》き墜として、撤退《てったい》してきたわけっすよ」

ああ、なるほど。〈十七種の獣〉はどいつも翼《つばさ》を持たない。だから偶然《ぐうぜん》の漂着《ひょうちゃく》という効率の悪い手段で攻め込んでくる。ならば何らかの形で地上に帰すことさえできれば、とりあえず目の前の脅威《きょうい》を払《はら》うことは可能という理屈《りくつ》になる――

「――まじか」

「まじっす」

地上を失い、今この世界にある命は、浮遊島の上でしか生きられない。つまり。浮遊島とは、現在に残された世界そのものに等しい。それがひとつ失われるということは、この小さな世界がさらに狭《せば》まってしまったということを意味する。

「クトリに無理をさせれば、というか暴走をさせれば倒《たお》しきれるかもしれない――そんな意見もトカゲ兵士さんたちから結構出たんすけどね。予知の外の戦いでは何を試みるにしても賭《か》けになる、分の悪い賭けのために最大戦力を使い棄《す》てるわけにはいかない、ってこちらの白トカゲさんが判断しまして」

ウム、と白トカゲさんこと〝石灰岩ノ肌《ライムスキン》〟が頷《うなず》き、

「…………」

なぜか一度だけ、ちらりとクトリを横目で見てから、

「故《ゆえ》ニ、我ラハ敗北シタノダ」

感情の読めない声――いつものことだが――で付け加えた。

「ナニ、貴様ガ気ニ病《や》ムコトデハナイ。空ニ在ルモノハ、イズレ墜チル。ソレニ、天命ガスベテ尽キタワケデハナイ。

貴様ガココニ来タコトモ、ソノ証《あか》シノヒトツデアロウ。我ハコレヨリ忙シクナル。アノ

戦士タチヲ連レ帰ル役ヲ、任セテモヨイカ」

視線の先には、三人の妖精たち。

「そりゃあ……構わねぇけどよ」

これから忙《いそが》しくなる、というその内容が気にはなった。

墜《お》ちた浮遊島はおそらく二度と取り戻《もど》せない。この敗戦の意味は重く、責もまた大きい。将であった彼がしなければならないことは多いだろう。だが、当人が語ろうとしないものを、今ここで聞き出すべきでもないだろう。

長く危険だった戦いの顚末《てんまつ》が、それか。

「頑張《がんば》ったな、三人とも」

それしかできない自分を情けなく思いながら、ねぎらいの声をかける。

アイセアがにひひと笑い、ネフレンが小首を傾《かし》げ、そして、

「クトリ？」

――一人、完全にそっぽを向いたまま、こちらを見ようともしない娘《むすめ》がいた。

「ご機嫌《きげん》ななめっすねぇ」

まったくしょうがないなあ、とばかりにアイセアが肩をすくめる。

「それで、いいの？」

ネフレンが顔を覗《のぞ》き込むようにして尋ね、

「……っさい」

ぼそりと、小さな拒絶《きょぜつ》の言葉を受け取っていた。


作戦室を出たところに、待ち人がいた。

鋭《するど》く尖《とが》った耳を不安げに伏《ふ》せた、獣人《じゅうじん》の娘だった。

「あれ？　あんた、さっきの……」

ヴィレムが声をかけようとした矢先、娘はその背後に目を向けて、

「おじさま！」

嬉しそうな声をあげた。

ゆっくりと、振り返る。そこには巨体《きょたい》の爬虫族《レプトレイス》の姿がある。

「おじさま？」

確認《かくにん》すると、

「ウム」

重々しく頷いた。

「あんた、獣人だったのか？　にしては鱗《うろこ》みたいな毛皮してるが」

「違《ちが》ウ」

「じゃあ、この子が実は爬虫種《レプトレイス》だと？　にしては毛皮みたいな鱗してるが」

「違ウ。コノ娘ハ、我ガ旧《ふる》キ友ノ娘ダ。幼キ頃《ころ》ヨリ親シクシテイル」

どうせそんなところだろうと思っていた通りの、ひねりのない話だった。

「――ドウシタ、ふぃる。ココニハ顔ヲ出スナト、言ッテイルダロウ」

やや強い口調で、咎《とが》めるように言う。

「お叱《しか》りを受けることは覚悟《かくご》の上で参りました。おじさまの他《ほか》に、私《わたくし》には、頼《たよ》れる人がいないのです」

抑揚《よくよう》の薄《うす》い落ち着いた声で、娘は答えた。

ぴくりと〝石灰岩ノ肌《ライムスキン》〟が眉を動かした、ような気がした。もちろん彼にそんなものはないのだが。

「何カ、アッタノカ？」

「手紙が来たのです。式典を取りやめなければ、父を……暗殺すると」

あまり穏《おだ》やかでない言葉が聞こえた。ヴィレムは眉をひそめる。

「――フム」

「父には、気にするなと言われました。口先だけの恫喝《どうかつ》でしかない、構えば構うだけ、つけあがらせるだけだと。けれど私《わたくし》には、とてもそうは思えないのです。彼らはそれほど、手緩《てゆる》い賊《ぞく》ではありません。

しかし、父があのように言う以上、私《わたくし》には、おじさまの他に頼れる方が思い当たらないのです」

「苦難トイウモノハ、カクモ重ナルモノカ」

爬虫族《レプトレイス》が天井《てんじょう》を仰《あお》ぐ。

「ふぃる。貴様ニハ悪イガ、我ハ行カネバナラヌ」

「おじさま……」

獣人の娘が、表情を曇《くも》らせる。短い、沈黙《ちんもく》の時間。

「うぃれむ。頼《たの》ミガアル」

「断りたい」

即答《そくとう》する。

「……マダ、何モ言ッテイナイガ」

「想像はつく。悪いが、子守りの仕事でとっくに手一杯《ていっぱい》だ」

む、と背後でクトリが機嫌を悪くしたのが分かった。子供扱《あつか》いされたことが気に入らなかったのだろうが、ここは気づかなかったことにしておく。

「女や子供の絡《から》んだ厄介《やっかい》ごとには近づかねぇことに、だいぶ前から決めてんだよ」

説得力ないっすねぇ、とアイセアが呟《つぶや》いた。なんだかんだ言いながらも彼女たち妖精《ようせい》兵の問題に深入りしたことについて言いたいのだろうが、聞こえなかったことにしておく。

「是非《ぜひ》モナイカ。……デハ、くとり。体ノ調子ハ仔細《しさい》ナイカ」

「え？」

いきなり名を呼ばれたクトリが、頓狂《とんきょう》な声をあげる。

「あ、はい。体調は回復しています。ですが、まだ兵装《ウエポン》の使用は難しいと思います」

「構ワン。デハ、コヤツノ件、貴様ニ任セルコトニスル」

目をぱちくりとさせてから、

「あ……え……その……えと……」

大仰《おおぎょう》に当惑《とうわく》してから、目を閉じて深呼吸。その後に改めて目を開き、

「で、でも、わたし、妖精ですよ？　この市のことなんて何もわかりませんし、護衛なんてやったことありませんし、そもそも長期戦闘の直後ですから魔力《ヴエネノム》は熾《おこ》せませんし――」

「シカシ、ドウヤラ他ニ頼レル者ガオラン。ナントカシロ」

「それは……でも……」

ちらちらと、クトリはヴィレムを横目で見てくる。

〝石灰岩ノ肌《ライムスキン》〟の狙《ねら》いは明らかだった。ヴィレム本人に直接言うことを聞かせる必要はない。妖精兵の娘の誰《だれ》かに重責を押し付ければ、何も言わずともヴィレムが勝手にその荷を肩代《かたが》わりする。こいつはそう読んでいる。

悔しいことに、実に的確な読みだった。

「……汚《きたね》ぇ手、使いやがって。戦士の誇《ほこ》りはどこに消えた」

「勝利ニ誠実デアルコトモ、マタ戦士ノアルベキ姿ヨ」

それはまた、ずいぶんと融通《ゆうずう》のきく戦士像だ。

「俺、あんたとはほとんど話したことなかったと思うんだけどよ。何か嫌《きら》われるようなことでもやっちまってたか？」

「興味ヲ持タセルダケノコトハ、シタナ」

「あの、このお話は、できればおじさま以外の方には――」

静かに言葉を挟《はさ》もうとした娘を、掌《てのひら》で制して、

「心配ハイラヌ。コノ男、信頼《しんらい》モ信用モマダワカラヌガ、期待ハデキル」

「褒《ほ》めてねぇ」

「ソノツモリモナイ」

小さく頷き〝石灰岩ノ肌《ライムスキン》〟は歩き始める。

「後ハ任セタゾ、くとり。傍《かたわ》ラヲ歩ム者タチトトモニ、風ノ導キニ従イ、務メヲ果タセ」

「は……はぁ……」

その背中を、半ば呆然《ほうぜん》となって、残された五人は見送った。


傍らを歩む者たちとともに、とあのトカゲ野郎《やろう》は言っていた。

ふざけんじゃねぇ、とは思う。勝手に人の歩く場所を決めつけるんじゃねぇと。

思いはするが、口にはできない。そういう反応をしてしまえば、つまり自分が最初からそのつもりなのだと認めてしまうことになる。あれだけの醜態《しゅうたい》をさらした直後だ、認める認めないを気にする段階はとうに越《こ》えてしまっている気もするが、それでもやはり譲《ゆず》りたくない一線というものはあるのだ。

「あの……」

おずおずと声をかけてくる。ヴィレムはそれを手で制し、

「悪《わり》ぃが先約がある。話は、歩きながらだ」

†

雨上がりの古都は、昨日とはまた違《ちが》う趣《おもむ》きを湛《たた》えてそこに在った。

煉瓦《れんが》敷《じ》きの街路と水たまりが、昼の陽《ひ》の光を弾《はじ》き散らしてまぶしく輝《かがや》く。街のあちこちに据《す》えられた彫像《ちょうぞう》たちが、陰影《いんえい》のはっきりしないぼやけた光に包まれて、どこか神々《こうごう》しさに通じる空気を纏《まと》っている。

ふわあああ、と恥《はじ》も外聞もない大あくびをひとつ。澄《す》んだ冷たい空気が肺を満たし、頭の片隅《かたすみ》にこびりついていた眠気《ねむけ》を洗い流していく。

「いい雰囲気《ふんいき》の街っすねー」

大きくのびをしながら、アイセア。

「っていうか、いいんすかね、あたしらがふつうに街中歩いちゃって。いちおう、68番浮《ふ》遊《ゆう》島以外じゃ、妖精の自由行動は禁じられてるはずなんすけど」

「今のお前らは任務中だ。畏《おそ》れ多くも一位武官ドノから直々に命令を頂いただろうが」

「いや、それクトリだけっすし。それに、厳密にはあたしら兵器なんで、戦場で指揮されることはあっても、正式な任務を受けることはできないはずなんすよ」

「――なら、俺の指揮下に入ってるっつー体裁《ていさい》なんだろうよ。たぶんあの大トカゲの筋書きは、『一位武官がやむを得ない事情で現場を離《はな》れることになったから、現場にいた二位技官に指揮権限を委譲《いじょう》した』……あたりだろ」

「はー。なかなか腹黒いお話で」

「まったくだ。自称《じしよう》戦士が聞いてあきれる」

「いや、その筋書きとやらをすらっと読めてる二位技官も完全に同類っすよ？」

「心外だな。こんなにも心の綺麗《きれい》な好青年を捕《つか》まえて」

「うっわー、図々《ずうずう》しい」

けらけらとアイセアが笑う。

けけけとヴィレムも——ややヤケクソ気味に——笑う。

その左腕《ひだりうで》が、そっと、穏やかなぬくもりに包まれる。振《ふ》り返れば、澄まし顔のネフレンが、腕をからめてきている。

「なぁ、レン」

「ん」

「しがみついてる理由、聞いてもいいか？」

「……温かいほうが、安心できるでしょう？」

何でそんな当然のことをわざわざ聞くんだろう、という顔。

「今のヴィレムには、人肌《ひとはだ》の温かさが要《い》る。私の体温は平均より高めだから、適役」

物わかりの悪い子供に諭《さと》すような、丁寧《ていねい》で優《やさ》しい口調。

「いや、その気づかい自体はありがてぇんだがな……」

気づかいはありがたくても、そのために起こす行動のほうはどうなのか。

ネフレンの体に起伏《きふく》がないおかげで、妙《みょう》な気だけは起こさずにすむ。いちおう年頃《としごろ》の男として、そこだけは助かる。

自由なほうの指で、頰《ほお》を掻《か》く。

「俺はもう大丈夫《だいじょうぶ》だから、放せ。そろそろ周囲の目が気になって敵《かな》わん」

くすくすと、道往《ゆ》く獣人《じゅうじん》たちが小さく笑っているのが聞こえる。共に徴無《シルシナシ》であるヴィレムとネフレンは、彼らの目には、おそらく仲の良い家族にでも見えているのだろう。

「…………」

ネフレンはじっとヴィレムの目を見つめて、

「少し強がってる。まだ駄目《だめ》」

「今のこの状況《じょうきょう》のほうで泣きそうだよ俺は」

とほほ、と肩《かた》を落とす。わりと本気で。

「なぁ、クトリ。お前も何か言ってやってくれ――」

首だけで振り返る。

とぼとぼと歩いていたクトリが、うつむいていた顔を上げる。小さく口を開ける。そのまま言葉を探す。見つからない。急に顔を赤くして、ぷい、とそっぽを向く。

「乙女心《おとめごころ》は複雑っすねぇ」

アイセアが、困ったような声で、そんなことを言う。

複雑は乙女心の専売特許じゃねぇぞ、などと言いかけて、すんでのところで飲み込んだ。そんなことを言ったら、何とからかわれることになるかわかったものじゃない。ついでに、何やらこちらのことを心配してくれているらしいネフレンが腕を放してくれるのが、だいぶ先の話になってしまうだろう。

——不意打ちの再会と、同時に見せてしまった醜態が、いろいろなものをまとめて吹《ふ》き飛ばしてしまった。だから自分はまだ彼女たちに「おかえり」の一言も言えていないし、彼女たちの「ただいま」を聞けてもいない。

もちろん、今さら改めてそういうやりとりをするような雰囲気でもない。

（……うう……）

別に、感動の再会シーンを演出したかったわけじゃない。

スマートに三人を迎《むか》えられなければ満足できないなどと言うつもりもない。

こいつらが無事に帰ってきたのを確認《かくにん》できた、それだけで満足するべきなのだろうし、実際、その結果に不満があるわけでもない。

だから、まぁ……

少々居心地《いごこち》の悪い思いをすることくらい、受け入れなければならない。

それはわかっている。わかっているのだが。

「俺、そんなに強がってるように見えるのか？」

ぽつりとつぶやくと、ネフレンがわずかに瞳《ひとみ》を揺《ゆ》らす。

「やっぱ似たもの同士っすよ、あんたたち」

アイセアが、思わせぶりなことを言って、小さく笑う。

今日のこいつの表情は妙に作り物めいているな、と。

その笑顔《えがお》を見て——なぜか、そう感じた。

†

道すがら、獣人の娘《むすめ》の話を聞いた。

娘は、フィラコルリビア・ドリオと名乗った。

「んあ？　ドリオっつーと、もしかして……？」

「はい。父はこのコリナディルーチェ市の、現市長《メイヤー》です」

アイセアの疑問に、淡々《たんたん》とした声で答える。

親の躾《しつけ》か生来の気性《きしょう》か、どうにも感情の起伏の読みづらい娘だ。

頼《たよ》りたかった『おじさま』にふられたうえにどこの何者とも知れない珍妙《ちんみょう》な集団を押し付けられ、心中穏《おだ》やかではないはずだ。それだというのに、戸惑《とまど》いや苛立《いらだ》ちが顔にも声にも出てこない。

「あ、やっぱそうっすか」

いわく、ここの市長《メイヤー》はもともと一代でのし上がってきたいわゆる成り上がり商人で、彼が老いてから生まれた娘がフィル（長い名前なのでそう呼んでくれと本人が言っていた）なのだという。

もともとこの都市は貴族制を敷《し》いていた。市長《メイヤー》という制度が導入されたのは、ほんの十年ほど前のことだ。そのため、かつての貴族たちを中心に、現在の政治体制そのものに不満を抱《かか》える者が少なくない。そういう者たちにとって、成り上がり商人の市長《メイヤー》などというものは、許せるはずのない格好の敵であったのだと。

「へぇ」

そのあたりの説明を、相槌《あいづち》だけ打ちながら、適当に聞き流した。

「なら、さっき言っていた、手紙っていうのは何？」

クトリが話を進める。

いくら名指しで事態を丸投げされたからといって、なんとも生真面目《きまじめ》なことだと思う。

「……父を失脚《しっきゃく》させ、旧貴族の縁者《えんじゃ》を市長《メイヤー》の座に据えようとする一派からの脅迫《きょうはく》です。父の存在を、市の伝統と歴史を穢《けが》すものだとして、どのような手段を使ってでも排斥《はいせき》しようとしているのです」

「ほぉ」

再び相槌。

どこかで聞いたような話——というか、昨日あの医者のところで聞いたばかりの話だ。この静かな街に似合わないあの発砲音《はっぽう》からして、『どのような手段を使ってでも』という言葉の示す範囲《はんい》は相当に広いのだろう。

「来週の末に、中央聖堂の改築が終わるのを記念して式典が開かれます。父はその場で、この都市が目指すべき未来について語るつもりでいます。あらゆる種族に門戸を開き、島と島の架《か》け橋となる交易都市としての未来です。

おそらく、先に申しあげた一派は、手先である滅殺《めっさつ》奉史騎士《きし》団を使ってその場を襲撃《しゅうげき》します。そして、父に協力するすべての者に警告を行う心づもりなのでしょう」

「……若気《わかげ》の至り全開すぎて五年後くらいに後悔《こうかい》しそうな名前の騎士団っすね」

ああ、アイセアもそう思うか。意見が合うな。

「当然のことではありますが、最低限の警備は敷かれる予定です。しかし、滅殺奉史騎士団たちのやり方のことを思えば、それで充分《じゅうぶん》だとはとても思えないのです。だから、おじさま――〝石灰岩ノ肌《ライムスキン》〟一位武官にお力添《ちからぞ》えを頂きたかったのですが」

「どう思う？」

左腕に向かって尋《たず》ねたら、

「無理」

ネフレンが即答《そくとう》した。

「護翼《ごよく》軍はあくまでも、浮遊大陸群《レグル・エレ》外からの侵略《しんりゃく》者に対応するための組織。個々の都市の政治的な事情には干渉《かんしょう》してはならない。

一応、明確に治安を乱すような個人や集団が暴れた場合のみ、近くにある護翼軍の兵力がその鎮圧《ちんあつ》に動くことは例外的に認められている――けど、それはあくまでも緊急《きんきゅう》時の例外の話。揉《も》めごとが起きることが予《あらかじ》め分かっていたからといって、事前に兵力を配備しておくようなことはできない。それは政治的な事情への干渉と見なされる」

「――だ、そうだ。おそらく市長《メイヤー》はそれを分かっていたから、自分であのトカゲに護衛を頼《たの》もうとはしなかったんだろうさ」

「そんな……正義は明らかに、こちらにあるのですよ？　人の世を害する悪を誅《ちゅう》することに、なぜ制約が課せられなければならないのですか？」

「正義は、武力を振るっていい理由にならねぇからだ」

すっぱりと切って捨てる。

「その逆。武力を振るう理由を正当化するために掲《かか》げられるのが正義だ。相手を殴《なぐ》りたい本当の理由は必ず別にある。必ずだ。奪《うば》いたいから。貶《おとし》めたいから。侮《あなど》りたいから。気に食わないから。消したいから。ストレス解消したいから。あるいはそいつらの組み合わせ」

軽く手を振って、古い詩でも吟《ぎん》じるように、語る。

「しかしそれを認めたくはない。どうせなら、後ろめたい気持ちなどなく、気持ちよく全力で相手をブン殴りたい。そういう時に、自分や味方を騙《だま》すため、正義という名の旗を担《かつ》ぎ出す。どいつもこいつも無自覚のままそれをやるから、本気で正義を信じる者同士が互《たが》いを全力でブン殴って戦争が起きる。そういうもんなんだよ、昔から」

「それ、は」

フィルは黙《だま》り込む。

——なんだよ、とヴィレムは思う。

正義の価値は、他者を巻き込む説得力と、自分自身でどれだけ深くそれに身を任せられるかという信念の強さで決まる。本人が心の底から信じられる正義であれば、そこには充分な意味がある。ただ、その正義で護翼軍を動かすことはできないというだけで。

しかし、フィルの掲げていた正義が、今日会ったばかりの相手に少々それっぽいことを言われた程度で揺らぐようなものだとするなら、少々拍子抜《ひょうしぬ》けだった。

「ま、あれだ。そういう事情を抜きにしても、式典が来週だっていうなら付き合うわけにはいかねぇな。

俺たちにも事情がある。これから医者に行ってちび娘を一人拾って、それから夕方には飛空艇《てい》に乗って島に帰らねぇとな」

「そう……、ですか」

フィルがうつむく。

「ちょいとちょいと、少しいいっすか技官。質問がふたつほど」

アイセアが右の袖《そで》を引いてくる。

「何だよ」

「さっきの発言、畏《おそ》れ多くも人間族《エムネトワイト》の守護者として戦った勇者《ブレイブ》として問題ないんすか。当時の正義の代表者っすよね？」

「生存競争に正義もクソもあるかよ。ぼーっとしてたら滅《ほろ》ぼされるから必死になって抵抗《ていこう》してただけだ。生き残りたいなんてのはただの本能だし、本能と正義を同一視し始めたら世界に犯罪なんて何ひとつ残らねぇよ」

「……なるほど。理屈《りくつ》はともかく、技官の考え方はわかった気がするっす」

アイセアが小さく頷《うなず》く。

ヴィレムの左腕《ひだりうで》をつかんだままのネフレンの指に、少し力が入る。

「質問もうひとつ。なんだかんだで事情を聞いちゃったってのに、ずいぶんあの、フィラコルリビア嬢《じょう》に冷たいっすね？　可愛《かわい》い女の子の苦境はほっとけないとか、気持ち悪いことをかっこよさげに言ってたと思うんすけど」

「気持ち悪いとか言うな」

自覚がないでもないだけに、地味に傷つく。

「やっぱあれっすか。年齢《ねんれい》とかっすか。自分と同世代以上はもう女じゃねぇ、とか」

「どんだけ深刻に趣味《しゅみ》が偏《かたよ》ってんだよ、俺」

昔から何度か疑われたことではあるが、そういう事実はない。ないはずだ。

「そんなんじゃねぇよ。俺は、ただ――」

「ただ？」

ただ、何だろう。

言葉にしにくい何かが、喉《のど》の奥に絡《から》みついている。

「──相手が誰《だれ》だろうと、納得《なっとく》できねぇことにしか、納得したくねぇんだよ」

「は？」

自分でも、よくわからないことを言ったと思う。案の定、アイセアは片眉《まゆ》をあげて、年《とし》頃《ごろ》の少女にあるまじき微妙《びみょう》な顔をする。

「………………」

なぜかネフレンが、小さく頷いた。

「さて、それはそれとして、施療院《せりょういん》の時間まではまだ少しあるな」

半端《はんぱ》に余った時間というものは、扱《あつか》いが難しい。観光の下見ができるほどの余裕《よゆう》はないし、さりとて無為《むい》に歩いて潰《つぶ》すのももったいない。

──と、美味《うま》そうな匂《にお》いが、鼻の頭をくすぐる。

つられるように首を回す。台車型の屋台が路傍《ろぼう》に見つかる。扱っているのは、揚《あ》げた羊肉と刻んだ芋《いも》を、たっぷりの大葉野菜で包んだものだろうか。香辛料《こうしんりょう》の刺激《しげき》的な匂いが、いやおうなしに食欲《しょくよく》をそそる。

ぐう、と腹が鳴った。

「なぁ」

振《ふ》り返り、

「あれ食ってかねぇか。俺、まだ朝メシ食ってねぇんだ」

「あー、そうっすねえ。あたしらも昨日まで簡易兵糧《ひょうろう》ばっかりだったんで、がっつりと味の濃《こ》いものは大歓迎《だいかんげい》っす」

ぼんやりとした声で、アイセアが相槌を打つ。ネフレンは何も言わないから、たぶん反対はしていない。そしてクトリが何かを言おうとしたところで、

「――お待ちになってください」

力なく、しかし鋭《するど》い声を聞いた。

誰の声だ、と一瞬《いっしゅん》本気で分からなかった。背筋に冷たいものを感じながら、ゆっくりと振り返る。そこには、意外なようでいて順当で、それでいてやっぱり意外な者の姿があった。

フィラコルリビア・ドリオ。

その姿を視界に入れてなお、本当に彼女なのかと本能が疑い続ける。先ほどまでとは気配がまるで違《ちが》う。同一人物だということを、どうしても信じ切れない。

「香辛料があからさまに強すぎますし、営業認可証を表に貼《は》り出していない。あれはまず間違《まちが》いなく、法の許すぎりぎりの、粗悪《そあく》な肉を食べさせている店です」

「お、おう？」

いつになく、強い口調だった。

気圧《けお》され、わずかに身を引いてしまう。

「しかも値段は相場よりも高い。地元の者であれば明らかにおかしいと分かるものでも、観光客は知らずに買って食べ、こんなものかと思ってしまう。そんな商売を続ければ、都市そのものが信用を失うのは明確だというのにです。いくら父が訴《うった》えても、あのような輩《やから》は一向に減ろうとしないのです」

その目に、危《あや》うげな光が灯《とも》っている。

ゆらり、とその体が幽鬼《ゆうき》のように揺《ゆ》れると、

「こちらへ」

勝手に歩き始める。

「お、おい？」

「あなた方があのような場所で食事をしたならば、その粗悪な味がコリナディルーチェ市での食事として記憶《きおく》されてしまうでしょう。私《わたくし》が共にいる以上、そんなことはとても許容できません。それは、おじさまに恥《はじ》をかかせることと同じです。

ついてきてください。本物の、コリナディルーチェ風包み羊《ラップドラム》をご覧に入れます」

つかつかと、大股《おおまた》になって路地裏へと踏《ふ》み込んでいく。

「……びっくり」

まったく驚《おどろ》いていなそうな声で、ネフレンが呟《つぶや》いた。

「行っちゃったけど、どうする？」

「どうって言われても、選択肢《せんたくし》ない感じっぽいっすよ？」

「犬の尾《お》を踏んだと思って付き合うしかねぇか……クトリ？」

名を呼ばれ、ぼんやりと足元を見ていた少女が弾《はじ》かれたように顔を上げる。

「あ……な、なに？」

「お前、調子悪いのか？　さっきから、借りてきた石像みてぇに黙りこくってるけどよ」

そりゃずいぶんと静かそうっすね、とアイセアの茶々。

「疲《つか》れが残ってるなら言えよ？　戦場でもねぇところで無理をさせる気はねぇからな」

「ううん、そういうのじゃないから……」

ゆるりと首を振って、

「心配かけてごめんなさい」

怒《いか》りは収めてくれたようだが、やはりどこか様子がおかしい。

「熾《おこ》した魔力《まりょく》がまだ体内で澱《よど》んでるっつーなら、前にやったみてぇに、さっさとほぐす、って手もあるが？」

こき、と指を鳴らしながら提案する。

「ほぐす――」

クトリはぼんやりとヴィレムの顔を眺《なが》めていたが、ややあってから急に顔を赤く染め、

「――って、い、いらない！　今アレされたら、たぶん、腰《こし》ぬかしちゃうし！」

両手をわたわたと振って、そんなことを言い出した。

「何すか、その、ほぐすって」

「そこ！　興味持たない！」

「いや、そういう反応されて興味持たないってフツーに無理な話なんすけど。それはあれっすか、語りたくてたまらないから全力で追及《ついきゅう》してくれって遠回しに言ってるっすか」

「人の話は素直《すなお》に聞け！　本当に何もないし、何もなかったから！」

「なんかもう、しゃべるごとに墓穴《ぼけつ》が深くなってく感じ、なかなかいいっすよ。その調子

で島の底まで掘《ほ》り抜いてみるっす。へいへい」

「だからぁ！」

ひときわ大きくクトリが抗議《こうぎ》の声をあげた瞬間《しゅんかん》、

「あの」

刃《やいば》のような冷たさをもった小さな声が、隣から割り込んできた。

振り返る。通りと路地の境に一人、鬼気《きき》をまとった獣人《じゅうじん》の娘《むすめ》が立っている。

「――ついてきてくださいと、申し上げましたよね？」

「すみませんでした今行きます！」

路地に飛び込むようにして、全員でフィルの後を追った。

案内された先は、小さな広場の片隅《かたすみ》に、こぢんまりと開いた肉屋だった。

「屋台とかじゃねぇのか？」

「もちろんそれでも良い店はたくさんありますが、この時間に、この界隈《かいわい》で単純に安くて美味《おい》しい包み羊《ラップドラム》を探すならばここの他《ほか》に答えはありません。地元の者であれば五つの子供であっても心得ていることなのですよ？」

「すげぇなここの五歳児」

無口な球形人《ボールマン》の店主に金を払《はら》い、先ほど露店《ろてん》で見たものより明らかに一回り大きなそれ――包み羊《ラップドラム》だったか――を受け取る。

一口、かじりつく。

「美味《うま》いな」

「でしょう?」

ふふん、とフィルが自慢《じまん》げに鼻を鳴らした。

「尖《とが》った味の香辛料を抑《おさ》えめにして、代わりに酸味の強いハーブを多めに混ぜ込んでるのか。なるほど、この味つけならこの量でも無理なく食える」

「でしょう? でしょう?」

こくこくと何度も頷《うなず》いてから、フィルは肉屋の球形人《ボールマン》に向けて、びっと親指を立ててみせる。球形人《ボールマン》もまた、びっと親指を立て返す。

(……ん?)

ちりっ、と、襟《えり》の後ろを違和感《いわかん》が撫《な》でた。うっすらとした、悪意や敵意の気配。

また噂《うわさ》のなんちゃら騎士《きし》団の連中か、と思う。けれど昨日この街に着いてすぐに感じたものとは毛色が違う。あの時の敵意は向かう先が曖昧《あいまい》だったが、今回は――

「――なぁ、フィラコルリビア」

「フィルでいい、と先ほど申し上げました」

「そうだったな。なぁ、フィル。お前、この街のことは好きか？」

ぱちくり、と大きな瞳《ひとみ》の上でまぶたが一往復。

「いきなり何を？」

「いいから答えろって。どうなんだ？」

わずかな間。

「はい。ほかにない、最高の街だと思っています」

「それは、四百年超《ご》えの歴史があるからか？　屈指《くっし》の大都市だからか？　産業が栄えているからか？　メシが美味いからか？」

「意地の悪い問いかけを、なさるのですね」

「よく言われる」

けけけ、と笑いながら包み羊《ラップドラム》にもう一口かじりつく。

「……今挙げられたすべては、どれもが間違いなく、欠くことのできないこの街の魅力《みりょく》です。どれもが、私《わたくし》の心の中で輝《かがや》いています。ですが、そのどれも、私《わたくし》の心の芯《しん》を貫《つらぬ》いているようには……思えません」

「そうか」

どうやら、包みに使われている野菜のほうにも工夫《くふう》がされているようだ。一口ごとに少しずつ味わいが変わる。その変遷《へんせん》を舌先で追いかけているうちに、いつの間にか手の中には何も残っていなかった。

かなりのボリュームのものを腹に収めたばかりだというのに、すぐに次の一口が欲しくなってしまう。なるほど、これが本物のコリナディルーチェ風包み羊《ラップドラム》。豹変《ひょうへん》してまでフィルが勧《すす》めてきた理由がよくわかる。

「……私《わたくし》は、ここよりほかの街を存じません」

そのフィルが、ゆっくりと言葉を選びながら、答える。

「ここは私《わたくし》の大切な故郷で、私《わたくし》が知る世界のすべてです。だから、世界を愛するように、私《わたくし》はこの街を愛します」

「こっぱずかしいことをよく言うな」

「言わせたのは誰《だれ》ですか⁉」

ほんのりと顔を赤く染めて（毛皮の上からでは分かりにくいが）の、抗議の声。

「本当に意地の悪い方です。私《わたくし》の心を暴《あば》いて、愉《たの》しまれているのですか？」

「そうだな。そういう気分だったことも否定はしねぇが」

ぺろり、と指についた脂《あぶら》を軽く舐《な》めとって、ヴィレムは言う。

「この街の美味いもんを食った。この街を好きだというやつの顔も見た。正義がどうこうとか言ってたさっきまでよりは、この街のために何かしてやろうって気になれっかな」

ぎょっとした顔を横目に見る。

「それは、いったいどのような意味でしょうか？」

「言葉の通りだ。……が、まぁ、その話はとりあえずおいといてだ。せっかくだ。この後暇《ひま》があったら、ちょいとひとつ、頼《たの》まれてくれねぇか？」

「……何でしょうか？」

こちらの真意を測りかねて訝《いぶか》しげな顔になるフィルに向けて、ヴィレムはにかっと笑ってみせると、

「あとでこの街、ちょいと案内してくれ」

†

「ぜ、全然恐《こわ》くも痛くもなかったんだから！」

開口一番、泣きそうな顔で、ティアットはそんなことを訴えてきた。

「注射とか、ぜんっぜん、なんてことなかったんだから！」

「そうかそうか」

軽く頭を叩《たた》いてやると、ぐしっ、と小さくしゃくりあげる。

「我慢《がまん》強《づよ》いし、素直でまっすぐだ。この子はいい兵士になるよ」

優《やさ》しい笑顔《えがお》で、いかつい顔つきの単眼鬼《キクロペ》がそんな太鼓判《たいこばん》を押してくれた。前半はともかく、後半は喜んでいいやら悪いやら、微妙《びみょう》な評価ではある。

「後ろの君たちは……以前、うちで調整した子たちだね。元気そうで何よりだ」

これはクトリたちにかけられた言葉。

「ご無沙汰《ぶさた》しています。おかげ様で、なんとか戦えています」

クトリ一人だけが丁寧《ていねい》に頭を下げる。アイセアは曖昧ににゃははと笑うだけ、ネフレンに至ってはいつもの澄《す》ました顔のまま何の反応も見せない。

その反応に何かの違和感を見出《みいだ》したのか、

「もしかして、君たち……」

「おーっと、そこから先は言いっこなしっすよセンセイ」

単眼鬼《キクロペ》の医者が何かを言いかけたのを、素早《すばや》くアイセアが制する。

「なんだ、やっぱり何か隠《かく》してるのかお前ら」

「ちちち、女の子の事情にあまり首をつっこむもんじゃないっすよ、技官。適切な距離《きょり》を保つのが、お互《たが》いに不幸にならない第一歩っす」

「そうなのか？」

あからさまにごまかしに入っているアイセアから聞き出すことを諦《あきら》め、医者に矛先《ほこさき》を変える。が、「僕から話すわけにもいかないよな」と困り顔で頰《ほお》を掻《か》くだけで、何も教えてくれそうになかった。

「君に望むことは、そうだな。この子たちのことを、よく見てやってくれ」

と言われても、そもそもヴィレム・クメシュは妖精《ようせい》倉庫の管理者であり、妖精たちのことを見守るのは仕事の内である。少なくとも、ヴィレム当人はそう考えている。だから、わざわざ言われるまでもなく、最初からそのつもりではいるのだ。

そう答えると、

「そうか」

静かな表情で、単眼鬼《キクロペ》は頷いた。

なぜかアイセアが恨《うら》めしそうな顔で単眼鬼《キクロペ》を見ていたことが、少しだけ気にかかった。

ここから68番浮遊島《ふゆう》へ帰るには、飛空艇《てい》をさんざん乗り継《つ》がなければいけない。そして、その便数も限られている。付け加えれば、もちろん妖精たちの翼《つばさ》で飛んで帰れるような距離でもない。

なので、狙《ねら》いの飛空艇が動く夕方まで、自分たちはどうやったところで、このコリナディルーチェ市を離《はな》れることができない。

「というわけで、その時間を、この街の観光に使う！」

私服に着替《きが》えた妖精《ようせい》たちにフィルを加えた五人の前で、堂々と宣言した。

「は？」クトリが真顔でつぶやき、

「ふむ？」アイセアが何言ってんだコイツという顔になり、

「おお」ネフレンが珍《めずら》しく喜色に瞳を揺《ゆ》らし、

「…………」フィルは何も言わずに目を伏《ふ》せて、

「おおおおおおっ！」ばちばちばちばちとティアットが全力で手を叩く。

「あの島の外じゃ自由に動けないお前らのことだ、こういう機会はめったにねぇだろ。精《せい》一杯《いっぱい》戦ってきた直後なんだ、多少ハメを外したところで罰《ばち》はあたらんさ」

「ちょいとちょいと。遺跡兵装《ダグウエポン》はどうするっすか」

アイセアが、背負った大きな布の包み――にくるまれた呪器《じゅき》の大剣《たいけん》――を軽く揺らしてみせる。

「こんな重いもの抱《かか》えて歩き回るのはちょっと勘弁《かんべん》してほしいっすよ」

「そこの施療《せりよう》院に預けとけ。帰りに回収させてもらえばいい」

「めっちゃ高価で重要で貴重な秘密兵器なんすけど……」

「だからその価値を分かってるやつに任せるんだろ。そこらの置き引きが欲しがるようなもんじゃねぇんだ、そう心配すんな」

「そりゃあそうっすけど」

「ん。いろいろ見られるのは嬉《うれ》しいかな。でも」

ネフレンがフィルの顔を覗《のぞ》き込む。

「フィルはそれでいいの？」

先ほど、自分たちはフィルの頼みごとを冷たく断ったばかりだ。その直後にこのような遊びの話などされたのでは、あまり愉快《ゆかい》ではないはずだ。

「私たちについてくる理由、もうないはずだけど」

「仕方がありません」

フィルは小さく嘆息《たんそく》し、

「あなた方はこの街の裏側の一面だけを聞かされてしまった。このままあなた方にここを去られてしまっては、暴力と謀略《ぼうりやく》の街であったなどと誤解されてしまうかもしれません。それも、私《わたくし》が考えなく不用意なお願いをしたばかりに、です」

語りながら、声に込められた力が強くなっていく。

胸元《むなもと》の拳《こぶし》が固く握《にぎ》りしめられ、大きな瞳に炎《ほのお》が燃え上がる。

「あー、もしもし、フィル？　フィルさん？」

「そのようなことは、とても耐《た》えられない。ならば私《わたくし》自身の働きによって、あなたたちにこの街の魅力を知っていただく以外に道はありません。そのために、今日はこれより、この素晴《すば》らしき都市の案内を全力で務めさせていただきます」

視線が、ヴィレムに集まる。

「……何だよ？」

「この人に何したんすか？　さっきの食事中に何か吹《ふ》き込んだんっすよね？」

「おいこら、人聞き悪《わり》ぃことを言うな。適切な助言とお願いをしただけだぞ」

「ああ、口車でだまくらかしたんすね」

だから、人聞きの悪いことを言うなというのに。

コリナディルーチェ市は広い。

有名どころの観光名所を一通り巡《めぐ》ろうとすれば、移動だけでも一日どころでは済まないくらい時間がかかる。美術館やら博物館やらを順路に加える気になったなら、最低でもさらに数日を費《つい》やすことになるだろう。

使える時間が半日だけとなれば、訪《おとず》れる場所の取捨選択《せんたく》と、無駄《むだ》のない交通機関選びは必須《ひっす》だ。そしてそのどちらにも、この街に詳《くわ》しい者の協力が必要となる。

だから、フィルに同道と案内を頼んだ、と——

ここまでの話に、少なくとも嘘はない。

だから、まぁ。

そこから先の話は、後回しでもいいだろう。

2. 愛と正義の間違《まちが》った使い方

偽証《ぎしょう》者の墓、とやらを見た。

なんでも、二百年ほど昔に活躍《かつやく》した伝説的な詐欺師《さぎし》の墓であるらしい。生前の詐欺師に騙《だま》された者たちが資金を出し合って建てたという墓碑《ぼひ》には、なぜか『正直者ここに眠《ねむ》る』などと刻まれている。

いったい何がどうなってそういうことになったのか。様々な考察が様々な推論を生み、「偽証者モノ」という独特のジャンルへと発展して、コリナディルーチェ市の物語市場に細く長いブームを起こしているのだとか。

「私《わたくし》は、真実の愛の言葉を最期《さいご》につぶやいて死んでいった、という説を推《お》しています。本当にそうであったなら良いな、という程度ではありますが」

「あたしはあれっすねー、悪徳貴族の嘘《うそ》を暴いて嘘吐《うそつ》きとしての格の差を見せつけた説。あれは素直《すなお》にかっこいいっすよ」

「——地神《ボトー》の怒《いか》りをかって、吐いた嘘が全部真実になる呪《のろ》いを受けた話。面白《おもしろ》かった」

なるほど。本当に様々な考察がなされていたらしい。

まぁ、誰《だれ》にも真実を知られていない過去なんてものは、所詮《しょせん》そんなものだ。誰かの都合のいいように、あるいは一番面白おかしい形に捏造《ねつぞう》され、その物語が真実の代わりを務めるのだ。

誰もが、自分の信じたい説を信じる。それで問題がなければ、それでいいのだ。世界はそれでも充分円滑《じゆうぶんえんかつ》に回っていく。

恋人《こいびと》たちの階段、とやらも見た。

こちらのいわくは明確だ。政略結婚《けっこん》を嫌《きら》って家を飛び出した貴族の娘《むすめ》と、けちな盗《ぬす》みで日々の糧《かて》を得ていた小悪党の青年のラブストーリー。

そして、二人が偶然《ぐうぜん》に出会い互いを意識するきっかけとなったのが、この階段でぶつかった二人が転がり落ちたことだったのだという。

その階段の上と下に、景観を台無しにするでっかい看板が据《す》えられている。看板に書かれているのは市議会のシンボルと、『転がり禁止』という簡潔な一言だけ。

「転がっちゃだめなの!?」

この世の終わりのような悲鳴をティアットがあげて、街往《ゆ》く人々のくすくす笑いを誘《さそ》っていた。おそらくは、ここではちょくちょく同じような叫《さけ》びが聞こえるのだろう。

こっそりとクトリが肩《かた》を落としていた件については、見なかったことにしよう。

「ちょいとちょいと、技官」

袖《そで》を引かれる。

「なんかこう、なし崩《くず》し的に普通《ふつう》にしちゃってますけど、も少しクトリに優《やさ》しい言葉とかかけてやってくれないっすかね」

視線の先では、蒼髪《そうはつ》の妖精が、ぷいっとそっぽを向いている。

「今は本人が拗《す》ねちゃってるっすけど、昨日までほんと頑張《がんば》ってたんすよ？」

「そりゃ分かっちゃいるんだが、機嫌《きげん》の悪い女の扱《あつか》いは昔から苦手なんだよ」

「それはいかにもイメージ通りっすけど、あの機嫌を直せるのも技官だけっすよ？」

くしゃり、とアイセアのくせっ毛を軽く掻《か》き混ぜる。「ふにゃっ!?」と、予想を越《こ》える勢いでアイセアは飛《と》び跳《は》ねた。

「な、なんなんすか、いきなり!?」

「いや、いいやつだと思ってな、少し褒《ほ》めたくなっただけだ。自分も頑張ったし疲《つか》れてるくせに、友人のことのほうを優先させようとしてるんだろ？」

「あたしのことはどうでもいいんすよ！　いまはクトリの話！」

彼女にしては珍《めずら》しいことに、顔を赤くしてこちらの手を払《はら》ってくる。褒められ慣れてないのは分かるが、それにしても反応の極端《きょくたん》なやつだ、などとぼんやり考える。

――首筋に、ちりり、と小さな違和感《いわかん》。

追跡者《ついせき》の気配は先ほどまでより少しだけ距離《きょり》を開き、代わりに数を増やしている。

「そろそろ釣《つ》り上げたほうがいいか……」

「え、何すか？」

つぶやきに反応してきたアイセアの頭にまた手のひらを置いて（ぎにゃーと喚《わめ》かれた）、

前方を歩くフィルに「なぁ」と声をかける。

「次の場所だが、リクエストしてもいいか？　観光客はめったにこないが実は隠《かく》れた名所、みたいな場所があればそこに行きたいんだが」

「あら、それは案内役たる私《わたくし》に対する挑戦《ちょうせん》でしょうか？」

気弱なお嬢様《じょうさま》の顔はどこに投げ捨てたやら、フィルは不敵に微笑《ほほえ》んだ。

「こちらが、願いの井戸《いど》でございます」

などとフィルが指し示した先には、六つほどの細い路地が交わる小さな広場。そしてその中央に、これといって目立つところのない、平凡《へいぼん》な井戸がある。

「中央聖堂や大麦広場のように十人が十人とも知っている超《ちょう》名所というわけではありませんが、何度か映像の物語の中で使われているので、ご存じの方はご存じかと」

うんうんうんうん、とティアットが激しく首を縦に振《ふ》る。

「願いの、ってことはあれっすか。コインを投げ込むと願いが叶《かな》う系っすか。いかにもロマンでメルヘンって感じっすねぇ」

中を覗き込みながら、アイセアが尋《たず》ねる。

「残念ですが、みんなの願いがすべて叶えられるわけではありません。確かに井戸に精霊《せいれい》は宿っていますし実際に願望成就《リアライザー》系能力を持ってはいるようなのですが、叶えられるのは銅貨を投げ込んだ中の千人に一人か、一万人に一人か、その程度の確率だと言われています」

「あー、数字が出てくるといっきにメルヘン成分が減るっすね」

「代わりに、一人が何回コインを投げ込んでも構いません。投入額が増えれば増えるほど確率は上がるので、本気で狙《ねら》う人は二十ブラダル貨を袋《ふくろ》で持ってくるようです」

「……ロマン成分も粉々っすね」

「一時期は利用を禁止されていたこともあったのですよ？　五十年くらい前、賭博《とばく》禁止法の時代のことですが、射幸性が高すぎるからという理由で」

「もういいっす。あたしの中の何かがとばっちりで粉々になりそうっす」

そんなやりとりをよそに、ティアットが小さな手で小銭《こぜに》を取り出し、少々気取った仕草で井戸の中へと放り込んだ。

叶えてほしい願いがあるわけではないけれど、映像晶館《しょうかん》で見て憧《あこが》れた光景の真似《まね》を一度やってみたかったということらしい。そうっすよこれが正しいロマンの追い求め方っすよ可愛《かわい》いなぁもう、とアイセアは嫌《いや》がるティアットを力いっぱい抱《だ》きしめる。

その陰《かげ》で、ネフレンがこっそりと同じようなポーズで小銭を放る。彼女は彼女で、この場所に何か思うことがあるらしい。ちゃぽん、という小さな水音。

一人、足りない。

そう思って首を巡らせると、最後の一人の姿はあっけなく見つかった。クトリ・ノタ・セニオリスは、井戸から少し離《はな》れたところに、ぽつんと寂《さみ》しげに立っている。

「お前はやらないのか？」

歩み寄り、すぐ傍《そば》に積まれていた木箱のひとつに腰《こし》かける。

「ん。ちょっと、願いごとっていう気分じゃなくて」

不機嫌《ふきげん》そうに目を逸《そ》らしたまま、ぽつぽつと小さな声で答えてくる。

「そうか？　意外だな、こういうのは好きなほうだと思ってたが」

「それは、まぁ、嫌いじゃないっていうか、どちらかというと大好物だけど……」

なにやら歯切れの悪いことを言って口ごもる。

「ほんとに、そういう気分じゃないの。

……たぶんああいうのって、自分の目的にまだまだ届かない人が、自分の中の決意を再確認《かくにん》するためにやることなのよね。財布《さいふ》にほんのちょっとだけ痛くて、その痛みが決意の価値を思い出させてくれて。だから、目的を見失っちゃったり、逆に自分の力で届きそうになった人には響《ひび》かない」

寂《さび》しいようでいて、優《やさ》しいようでいて、そのどちらでもないような、不思議な抑揚《よくよう》。

「なあ。お前ほんとに体調大丈夫《だいじょうぶ》なのか？　どっかおかしいぞ、今日のお前」

「だーから、大丈夫だってば。乙女《おとめ》にはね、理由もなくアンニュイな気分に浸《ひた》りたい日もあるの」

ああ、今のはいつものクトリっぽかった。少しだけ安心した。

その安心が背中を押して、いつもなら呑《の》みこんでいただろう言葉をそのまま口にする気になった。

「……お前には、感謝してる」

「え」

本気で驚《おどろ》かれた。

「ずっと、死ぬことだけ考えてた。俺の帰りを待ってくれるやつらのところに行きたい、それだけを望んでた。

お前たちに会って、少し変われた。また居場所がほしいと思えるようになった。

お前に会って、少し救われた。俺にも誰かを待てると思えるようになった。

そんでもって、お前が帰ってきてくれて、俺は今、まぁ……少し幸せになれた」

「え」

本気でひかれた。

「いや待て。あからさまに距離《きょり》とんな。『なにこの恥《は》ずかしい生き物』みたいな顔もすんな。だいたい俺、そんなおかしなこたぁ言ってねぇだろが」

「全体的におかしかったけど。主に、真顔で恥ずかしいこと言えちゃうとことか」

「なんだよ、大笑いしながら語れってのか？」

「そういう問題でもないんだけど……でも」

クトリは、笑った。

穏《おだ》やかに、嬉《うれ》しそうに、楽しそうに、透《す》き通るように、……そして、どこか儚《はかな》く。

どきり、とヴィレムの心臓が一度、大きく高鳴る。

「言葉は恥ずかしかったけど、そう言ってもらえるとやっぱり嬉しいかな、うん。誰かを幸せにできたなら、ちゃんと生きてきた甲斐《かい》があったって思えるし。うん。やっぱりわたし、好きになった相手、間違《まち》えてなかったなぁ」

――――うあ。

ヴィレムは慌《あわ》てて、視線をクトリの横顔から引きはがした。

やばい。なんだこいつ。なんだこの笑顔《えがお》。

こいつは子供だ。少なくとも、まだ子供だ。改めてそう自分に言い聞かせる。好きという言葉を真に受けてはいけない。子供の恋心《こいごころ》を正面から受け止めてはいけない。そんなことをしても、後でそいつを不幸にするだけだ。そう、心の中で繰《く》り返す。

そうしなければ平静でいられないくらいには、今のクトリの表情と言葉には、不思議な魅力《みりょく》があった。

（……そうか）

こいつは、俺のことをまっすぐに見ているんだ――そう、ヴィレムは気づく。だからこいつの言葉は、時に真正面からこちらの心を揺《ゆ》らしてくる。

しょせん子供の初恋《はつこい》なのだと、ひと時の気の迷いなのだと、受け流せなくなる。

「何よ、その反応」

くすくすと、クトリが小さく笑う。

何でもねぇよ――という安い嘘《うそ》を、なんとか呑みこんだ。

「照れてんだ、悪《わり》ぃかよ」

「悪くない、すごくいい」

あははと、少女は笑う。

その笑顔がなぜか、今にも泣き出しそうに見えた。

まずい。本格的に、苦手な雰囲気《ふんいき》になってきた。子供だったはずのクトリがちゃんと女性に見えてしまった。

ヴィレムは女性の扱《あつか》いが得意ではない。

言葉のひとつひとつ、仕草のひとつひとつから、何を読み取り何を受け取り何を疑えばいいのか、そういったことがまったくわからない。

ナイグラートのような、ある種わかりやすいキャラクターをしているやつを相手にしてすらそうなのだ。今のこいつのように——笑顔の裏側に何かを隠されてしまうと、もう、どうにも言葉が出てこない。

だからといって、このまま黙《だま》りっぱなしというわけにもいかない。なんだかんだ言ったところで相手はクトリなのだ、ここはひとつ強気に出て押し切ろう。そう思い切って口を開いたところで、

「お楽しみのところ申し訳ありませェん、お嬢様方」

妙《みよう》にねっとりとした男の声が、聞こえた。


「知り合い？」

ティアットがフィルの顔を見上げて問うが、フィルは首を横に振る。

「いいえ。覚えがありませんが……」

「ええもちろん、初顔合わせになりますとも」

男は猫《ねこ》系の獣人《じゅうじん》で、妙にパリッとしたスーツ姿で（あまり似合っていない）、後ろに五人の若者を従えていた。若者たちのほうもまた全員が獣人で、顔つきや服装はまちまちではあったがあまり上品ではないことは共通していて、そして全員が同じ赤銅色《しゃくどういろ》のハンカチを手首に巻いていた。

「囲まれてる」

ぼそりとネフレンが呟《つぶや》き、フィルが慌てて辺りを見回す。なるほど、いつの間にそこに現れたのか、小さな広場から延びるすべての小道に、二、三人ずつの若者が配置されている。いずれも獣人で、手首にハンカチ。

そして、広場にそれ以外の人影《ひとかげ》はまったく見当たらない。もともと人気《ひとけ》の少ない場所だったが、あるいはそれだからこそか。まるでこの一角だけ街から切り離され閉じ込められてしまったかのような印象すら受ける。

「そん、な……」

「我々としても、手荒《てあら》な真似は好みませェん。

フィラコルリビア嬢《じょう》。その薄汚《うすぎたな》い徴無《シルシナシ》しのご友人たちの無事を望むならば、どうか我々の招待を受けてはいただけないでしょォォか？」

やたらと粘着質《ねんちゃくしつ》なしゃべり。芝居《しばい》がかった口調をやろうとして、失敗している。精一杯《せいいっぱい》気障《きざ》に振《ふ》る舞《ま》おうとしているけれど、慣れていないので不自然な道化《どうけ》になってしまう。まぁ、そんなところか。どうでもいいことだが。

「何者ですか、あなたたちは！」

気丈《きじょう》に振る舞おうとはしているが、フィルの声は震《ふる》えている。

「ふふ、隠《かく》すほどのものではありませェんが、せっかく問いかけてくださったのでェすから、しばらく伏《ふ》せさせていただきま」「滅殺《めっさつ》奉史騎士《きし》団だろ？」

その場の視線がヴィレムに集まった。

注目を集めたまま、ヴィレムは足元に手を伸ばすと、小石をいくつか拾い上げた。ひとつひとつ、宙に軽く投げ上げては、同じ手でつかみ取る。

手遊びを続けながら、「なぁフィル」と声をかける。

「え、あ、はい、何でしょうか」

「たぶんお前、最近しばらく家から一人で出歩いたりしてなかっただろ？」

「え？　は、はい。お父様が、しばらくそうしろと仰《おっしゃ》りましたので」

「だが、どうしてもあの白大《しろおお》トカゲに頼《たの》みたいことがあったから、今日は黙って家を出てきた。そうだな？」

「はい……でも、なぜそれを」

「要するにこの騎士団たちは、市長《メイヤー》との交渉《こうしょう》のカードとして、娘《むすめ》の身柄《みがら》を狙ってたんだよ。もうちょい正確に言えば、そういう使い方のできるカードとして、自分たちのスポンサーと交渉するつもりなんだろうが」

獣人たちの中に、どよめきが起こる。

「家を出てから俺らに会うまでこいつらに見つからなかったのは、幸運だっただけ。そして、お前が俺らと一緒《いっしょ》にいるところを見つけちまったのは、こいつらが幸運だったからってことになるのかね」

ティアットがきょとんとして、ネフレンは無表情で、アイセアは「あー」と納得顔《なっとく》になって、クトリが「また始まった」と言わんばかりの顔でこちらを見ている。

「メシの時から、熱い視線がずっと付きまとってたんでな。こりゃあ今大急ぎで応援《おうえん》を集めてる最中だなぁと思ったんで、しばらく目立つところを歩いてから、人気《ひとけ》のないところに移動してみた、と。

そうしたら案の定、こうしてこの連中が顔を見せてくれたわけだが」

「お、お待ちください。何を仰っているのか、私《わたくし》にはさっぱりわかりません。その言い方では、まるで、あなたは」

「おう。お前をエサにした。こいつらと少し話がしたくてな」

言葉を失い、フィルは呆然《ぼうぜん》と立ち尽《つ》くす。

「話ィ？」

訝《いぶか》しげに言葉を挟《はさ》んできたのは、スーツ姿の獣人。

「ずいぶんと頭と口が回るのがご自慢《じまん》のようですがねェご友人。我々は別に、アンタと話すことなどありはしないわけでしてェ――」

「アイセア」

口上を遮《さえぎ》るように、フィルの隣《となり》に立つ少女に声をかける。

「何すかぁ？」

「この騎士団のお歴々は、呪脈視《じゅみゃくし》の心得がないらしい。その準備万端《ばんたん》に熾《おこ》し終わった魔力《ヴェネノム》、少しだけ見せてさしあげろ」

「んー――そのまま暴れていいっすかね？」

「駄目《だめ》だ。見せる以上のことはするな」

「了解《りょうかい》っす、外道《げどう》技官どの」

瞬間《しゅんかん》、光が弾《はじ》けた。

空を仰《あお》ぐように軽く頭を上げ、目を閉じたアイセアの背から、稲穂《いなほ》の色に輝《かがや》く大きな翼《つばさ》が開く。純粋《じゅんすい》に、光としてそこに見えるだけの、翼の幻像《げんぞう》。

しかしそれは幻像であるからこそ、羽ばたき風を漕《こ》がずとも、大地のくびきを簡単に断《た》ち切ってみせる。

「ふわあ……」

アイセアたちのことを軍の関係者だとしか聞かされていなかったのであろうフィルが、驚愕《きょうがく》と感嘆《かんたん》との入り混じる、少し間の抜《ぬ》けた声を出す。

「……魔力使い《ヴエネノム》でしたか。翼を生やす魔力術とは珍《めずら》しい。これは、この程度の囲みからならいつでも逃《に》げ出せる、ということですかねェ？」

スーツ獣人が、目を細める。

その目線の揺らぎからして、おそらくこいつらは空を飛んで逃げようとする相手への対《たい》抗《こう》策を持っている。十中八九、火薬銃《じゅう》の類《たぐ》いだろう。

が、この状況《じょうきょう》、取り回しが難しく命中率も射程も短い携行《けいこう》用の火薬銃では制圧力に難がある。それに、下手《へた》に発砲《はっぽう》でフィルを傷つけてしまうのも彼らにとってうまくないはず。

「察してくれて助かるよ」

ならば彼らもうかつなことはしない、とヴィレムは読んだ。そしてどうやら、それは間《ま》違《ちが》いではなかったらしい。

「先ほどの話が本当ならば、我々をここに誘《さそ》い出したところからすべてアンタの仕込みだってェことになる。ならばその程度の備えはあって当然。しかァし、そこまでして、何を話したいというのです？」

「うん、まぁ、大したことじゃないんだが」

少しだけ前おきして、

「お前ら全員、この街のことは好きか？」

尋《たず》ねた。

——風が、吹《ふ》き抜《ぬ》けていった。

かさかさと、丸められた紙屑《かみくず》が煉瓦《れんが》敷《じ》きの道を転がっていく。

どこか遠くから、何かの獣《けもの》の遠吠《とおぼ》えが聞こえる。

ティアットが、いよいよ状況を理解できなくなって目を回す。

ネフレンが、珍しいことに、口元に手をあてて小さく笑っている。

アイセアは、ふよふよと宙に浮《う》いたまま、やれやれと呆《あき》れたように首を振《ふ》る。

クトリは、そっぽを向いたまま「やっぱわたし好きになる相手間違えたわ」などと聞き捨てならないことを――ああいや、むしろ喜ばしいはずか――つぶやく。

フィルのもともと丸い目がいっそう丸くなり、残る獣人たちは全員が全員とも反応に困って黙り込む。

「……いきなり、何を？」

しばらく経《た》ってから、スーツ獣人が全員の疑問を代表して、尋ねてきた。

「いいから答えろって。どうなんだ？」

わずかな間。

「それはもちろォん、当然でェす」

「ふむ。それは、四百年超《ご》えの歴史があるからか？　屈指《くっし》の大都市だからか？　産業が栄えているからか？　メシが美味《うま》いからか？」

「なんたる愚問《ぐもん》。そのすべてが是《ぜ》であるという他《ほか》にィ、どのよォな答えが在りえましょう。コリナディルーチェこそは天空の宝石。悠久《ゆうきゅう》の時に磨《みが》かれし、およそ都市というものが備えうるすべての美徳を兼《か》ね備えた、我らが誇《ほこ》りの都なのですから――」

「――それが、スポンサーの主張か？」

ぴたり、と口上が止まる。

「アンタ、本当に、どこまで分かってんです？」

「いや、今のはカマをかけただけだ。けどまぁ、おかげでいろいろと確信できた」

はぁ、とヴィレムは息を吐《は》いて、

「だいたいお前ら、動きがちぐはぐすぎだ。

式典時に市長《メイヤー》を暗殺すると脅迫状《きょうはく》を出す、なんてのは現場の視点から見ればあまりに馬鹿《ばか》らしい話だ。要求を通すのが目的なら、暗殺なんて手段に頼《たよ》るべきじゃない。暗殺自体が目的なら、脅迫状を出すべきじゃない。予告してから殺すという流れで市長《メイヤー》派の連中を怯《おび》えさせたかったとしても、式典時という指定がいらない。自分たちに圧倒《あっとう》的な資金力と計画実行力があるなら、式典時の警備を固めさせたうえで暗殺を成功させれば本気のアピールにもなるだろう。が、それなら市長《メイヤー》側が徹底抗戦《てっていこうせん》の構えでもよさそうなもんだ。

ならばこの脅迫状は何のために送られた。たぶん、派手好みな貴族に特有の子供じみた自己顕示欲《けんじよく》辺りだろう」

まあ、その程度のことならば、滅殺奉史騎士団などという名前を大真面目《おおまじめ》に名乗らせている辺りから既《すで》に明らかなことではあるのだが。

いったん言葉を切るが、誰《だれ》も何も言わない。ヴィレムの次の言葉を待っている。

「一方で、俺たちを見つけてからそれほど時間をかけずにこれだけの人数を集めてきた辺り、お前らの手際《てぎわ》は悪くないはずだ。

そして、市長《メイヤー》の娘をさらうっていうのは、現実的なやり方だ。こいつが少々世間知らずで警戒心《けいかいしん》の薄《うす》い女だってことは少し調べればすぐ分かる。そして、この誘拐《ゆうかい》を考えたやつは脅迫状を出したやつとは別人だ。どう考えたって逆の順序のほうが効率がいいからな。そうしないってことは、そうできなかったたってことだ。おおかた、無茶な暗殺をやらされることになって焦《あせ》った現場が、ほぼ独断に近い形で誘拐を計画したってところだろ。

とまぁ、そんな感じに読んでたんで、カマをかけて答え合わせしてみた。とりあえず間違っていなかったみてぇで何よりだ」

と、ここまで一気にしゃべってから、一人で何度も頷《うなず》く。

「……要求は何だ？」

スーツ獣人《じゅうじん》の口調が変わった。

「お？」

「我々を叩《たた》き潰《つぶ》すつもりなら、ここでべらべらと種明かしをする理由はない。自分の手札をさらしたうえで、交渉をするつもりだったのだろう？」

「お、いいね。話の早いやつは好きだぜ」

ぽん、と膝《ひざ》を叩いてから、ヴィレムは木箱から立ち上がる。

「単刀直入に言うぞ。スポンサーを売れ。

俺の想像じゃ、お前らは市長《メイヤー》のことなんざどうとも思ってねぇ。雇用主《こよう》の意向のままに暴れている、ただの傭兵《ようへい》だ。

しかも考えなしの雇用主に要《い》らない苦労を強《し》いられて、うんざりもしているはずだ。中には、いい加減見切り時だと思ってるやつもいるんじゃねぇか」

獣人たちの中の何人かが、目に見えて動揺《どうよう》した。

そのうちの一人が、ふところに手を入れた。引き抜かれたその手には火薬銃が握《にぎ》られている。そのまま熟練の速度でヴィレムに狙《ねら》いをつけようとするが、悲鳴をあげて肝心《かんじん》の火薬銃を取り落とす。

その手の甲《こう》にめりこんだ小さな礫《つぶて》が、地面に落ちて、からからと転がる。

「ちなみに、取り引きの材料はお前ら自身の身柄《みがら》だ。怪我《けが》をせずに済ませられるかどうかは、今からの態度による」

礫を投げ放った姿勢を保ったまま、ヴィレムは静かに告げる。

魔力《まりょく》も何も使っていない。小石を軽く放っただけだが、狙《ねら》ってその場の全員の虚《きょ》をついた。ちょっと覚えのある者には通用しない手品《マジック》みたいなものだが、それだけに、タネの見えない者には魔法《マジック》にでもかけられたように思えただろう。

「さぁ、どうする？」

†

それからあとは、早かった。

獣人たちはあっさりとヴィレムの提案を呑《の》み、依頼《いらい》主となる旧貴族の名前を出した。さらには、彼が幾《いく》つもの反社会的行為《こうい》を指示した証拠《しょうこ》も売れると言ってきたので、それについては市長《メイヤー》と直接交渉《こうしょう》するようにと話を持っていく。

この路地裏に集まったのが滅殺《めっさつ》奉史騎士《きし》団のすべてだったというわけではないだろうが、頭とメンバー十人以上を失った今、以前ほど派手に暴れることはできないだろう。

少なくとも、式典とやらにおける暗殺の心配は、まずなくなったはずだ。

〝石灰岩ノ肌《ライムスキン》〟の命令は問題なく完遂《かんすい》した形になる、のだ、が、

ヴィレムの頬《ほお》が、音高く鳴る。

今日はよく頬を張られる日だな――などとぼんやり考える。

「私《わたくし》は、やはり、あなたが嫌《きら》いです」

赤く腫《は》れた手のひらを胸元《むなもと》に抱《だ》いて、涙目《なみだ》のフィルが、訴《うった》えるように言う。

「私《わたくし》のためにしてくださったことだと、理解しています。けれど、そのためにこのようなやり方を選ばれたことを、どうしても許せません――」

まぁ、そうだろうなとは思う。

このお嬢様《じょうさま》はまっすぐで、素直《すなお》で、一生懸命《いっしょうけんめい》で、真面目で、清廉《せいれん》すぎる。そしてきっと、同じものを無意識に目の前の相手にも求めてしまうタイプだ。騙《だま》し討《う》ちなどという言葉は頭のどこにも居場所がなくて、自分が仕掛《しか》けるのはもちろん、相手に仕掛けられた時にも何が何やらわからなくなってパニックに陥《おちい》ってしまうような。

「は、初めて会った時にも、私《わたくし》の、おなかに触《さわ》られましたし……」

「は？」

「知らないとは言わせません！　狼徴人《リユカントロポス》にとって、おなかを許すということは、すべてを委《ゆだ》ねるということに他なりません！　親兄弟といえど晒《さら》すことのできない場所なのですよ!?」

知らねぇよそんなルール！　本物の犬かよお前らは！

……などと叫《さけ》んでも、たぶん信じてはもらえないだろう。「へ、へぇ」と間の抜けた声を出して目を逸《そ》らす。なるほど、あの時に刃《やいば》がどうのこうのと言っていたのは、つまりそういう背景があってのものだったのか。ひとつ賢《かしこ》くなった。次は気をつけよう。

「まぁ、なんだ。いろいろ、悪かったな。許せとは言わねぇから、詫《わ》びだけ言わせてくれ」

むうう、とフィルは唸《うな》り声をあげて、

「おじさまの言われた通りの方ですね。期待はともかく、信頼《しんらい》も信用もできません」

「ぐ」

言葉に詰《つ》まる。不本意だが、返す言葉がない。

「――今ので、少しだけ気が済みました。

だから、お詫びの言葉だけは、受け取っておきます。でも勘違《かんちが》いしないでくださいませ、あなたのことは大嫌《だいきら》いのままですから」

「ああ。もちろん、それでいい」

ヴィレムは頷くと、くるりと背後に向き直る。

「さあお前ら、そろそろ時間だ倉庫《うち》に帰……る、ぞ……」

声はどんどん小さくなり、最後のほうはほとんど聞き取れなくなっていた。

氷点下の視線が、容赦《ようしゃ》なくヴィレムに降り注いでいる。

「そうね、帰りましょ」

じっとりとした半眼のクトリ。

「技官がそーゆー人だってのは分かってたつもりだったっすけど、今回のはさすがにどうかと思ったっすよー？」

まぶしい笑顔《えがお》のまま、口元をぴくぴくとひきつらせたアイセア。

「早く行こう。もうすぐ、飛空艇《てい》のチケット販売《はんばい》、締《し》め切られちゃうから」

いつも通りの淡々《たんたん》とした声、だがどことなく声の冷たいネフレン。

「もっと見たい場所、いっぱいあったのにー！」

一人だけ、何やら違《ちが》う場所に憤《いきどお》っているらしいティアット。

四者四様ではあったが、とりあえず全員がそれぞれに怒《おこ》っているらしいということだけは間違《まちが》いないようだった。

「どうしてあんな、危険な手を選んだの？」

遺跡兵装《ダグウエポン》の回収のため、ぞろぞろと施療院《せりよう》へ向かう。

道すがら、クトリが尋《たず》ねてきた。

「ん？」

こいつから話しかけてきてくれるとは。機嫌《きげん》は直してくれたのだろうか。

「わざわざ人気《ひとけ》の少ないところにおびき出す以外でも、もっと安全なやり方はいくらでもあったでしょ？　外連《けれん》みを利《き》かせたかったとか、そういうふざけた理由？」

「あー、いや。単にいろいろ自信がなかったからだ。

あの場じゃそれっぽく推理したように語ったけどな、ありゃあ全部、経験則からくる決めつけだ。ここまでこのパターンなら裏はこんな事情だろうな、ってのを昔のケースから探し出して、反応を窺《うかが》いながら細部を詰めていって、ってな。そんなわけだから、ああいう腹の探《さぐ》り合いっぽい状況《じょうきょう》に持っていくのが理想だったんだよ」

「経験則って……どういう生き方してたらそんなの分かるようになるのよ、きみ」

「まぁ、当時はいろいろ物騒《ぶっそう》だったからな。準勇者《クアシ・ブレイブ》なんてやってたら、月に一度はどこかの勢力争いに巻き込まれてた。

おかげであれだ、最後のほうじゃ寝《ね》たままでもナイフを避《よ》けられるようになったし、毒の入ったメシは勘《かん》で見分けられるようにもなったし。プロの使う毒はほとんど味も匂《にお》いもないタイプだから、鼻も舌も頼りにならなくてなぁ」

けけけ、と朗《ほが》らかに笑う。

「……笑い話なの、それ」

「なんとか生きてるからな。死んでたら、さすがに笑えなかったさ」

クトリは渋面《じゅうめん》になった。それなりに自信をもって放ったジョークだったが、どうやら完全な不発に終わってしまったらしい。

「ま、確かに、あまり良い手じゃなかったな。

お前らなら異常に気づいてすぐ魔力《ヴェネノム》を熾《おこ》すだろうとは思ってたし、事実そうだったが、そもそもお前らは長期戦闘《せんとう》明けの体だ。魔力《ヴェネノム》を使うことを前提にする策なんて立てるべきじゃなかった。ティアットやフィルもいたわけだし。

そこんところは反省してい――」

る、と続ける前に、言葉は遮《さえぎ》られた。

クトリが、足を止めている。

その二歩前でヴィレムもまた立ち止まり、上半身だけで振《ふ》り返る。

「そうじゃないでしょ」

冷たい声で、咎《とが》められる。

「危険な手って言ったのは、わたしたちの話じゃない。

そもそもわたしたちには、まったく危険なんてなかった。きみが、あの木箱に座った時から、ずっと臨戦態勢だったんだから」

む。

「そんなことはないぞ。全力でリラックスしていたとも」

「三秒」

…………。

「何がだ？」

「最初に潰すのは、右後ろにいた羊頭の獣人。礫の牽制《けんせい》から靴底《くつぞこ》の蹴《け》りを胸元辺りにいれて、反動で右奥の鹿《しか》頭二人の半歩手前まで跳《と》んで、適当に首元を刈《か》って意識を奪《うば》う。この二人はナイフを持ってたから、拾って投擲《とうてき》すればあと二人は仕留められる。ここまで一秒弱。そんな感じで全員を無力化するのに全部で三秒。違《ちが》う？」

（まいったな、こりゃ……）

半ば以上、見透《みす》かされている。

よほど細かくヴィレムの目線を観察していたのだろう。細かい姿勢の変更《へんこう》まで、すべて見ていたに違いない。あの時、自分のすぐ隣《となり》で妙《みょう》に大人しくしていると思ったら、まさかそんなことを考えていたとは。

「考えすぎだ。だいたいお前、一秒で五人とか三秒で十人とか、そんな無茶な戦い方はいくら俺でもだなぁ」

「できない、とか言わないでよ。

きみの戦い方とその強さは、たぶん、今この世界で、わたしが一番よく知ってる。もう忘れたの？　わたしの今の戦い方を教えたのはきみなのよ？」

「……そうだったな。あまりに出来のよすぎる生徒だったもんで、忘れてた」

教えたといっても、それはほんの数日だけのこと。それも、時間の半ば近くは聖剣《カリヨン》の正しい扱《あつか》い方を叩《たた》きこむのに費《つい》やした。体術の類《たぐ》いについても、ほとんどずっと組み手のようなことをし続けていただけ。名前のある絶技の類いに関しては、実演してこそみせたが名前は教えてすらいない。

たったそれだけのことで、そこまで目が育つことになるなどと、誰が予想する？

「さっき言ってたあの連中をおびき出した理由も、半分は本当だろうけど、たぶん半分は嘘《うそ》。きみなら、もっと安全な手段は見つけられたはず。理由はわからないけど――」

きっ、と鋭《するど》い目でにらみつけてくる。

「きみ、戦いたかったんでしょう？」

ああ、確かに。その可能性に、言われて初めて気づく。

自分は、無意識のうちに、戦いたかったのかもしれない。暴力を振るいたかったのかもしれない。痛んだ体に鞭打《むちう》つというリスクを負いたかったのかもしれない。

妖精兵士たちを戦場に送り出し、自分が安全なところにいたという負い目を、こんなどうでもいい場所で、関係のない連中を相手にぶつけてしまいたかったのかもしれない。

「どういうつもりかは知らないけど。もうやめて。きみはもう、戦わなくていい。きみの戦いは、わたし……わたしたちが、全部引き継《つ》いだんだから」

「――返す言葉がねぇよ。本当によく観察してんだな、俺のことを」

「恋《こい》してますから」

しれっと言われた。

「こらぁ、遅《おそ》いぞー！」

ずっと前方で、ティアットがぶんぶんと両手を振り回している。軽く手を振り返してから、二人は少し足を速めた。

3. 家路はいまだ遠く

「ああ〜っ！　やっと家路っすよ〜っ！」

港湾《こうわん》区画が近づき、アイセアが喜びの声をあげる。

「帰ったら思いっきり寝るっすよ、そりゃもう男らしくぐーすかと！」

自分の性別を考えろ、などという優《やさ》しい指摘《してき》は誰の口からも出てこない。誰もが横並びになって、もくもくと歩き続けている。

今さら敢《あ》えて口にはせずとも、みんなそれぞれに疲《つか》れ果てているのだろう。半月の長期戦の後まとまった休憩《きゅうけい》をとっていないクトリたちは言うに及《およ》ばず、初めて島の外に出てはしゃぎまくった——あと兵士としての調整も受けていた——ティアットの消耗《しょうもう》も、それなりのもののはずだ。

（……帰ったら、やることは多いな）

魔力を熾すということは、全身を巡《めぐ》る血流に負担をかけるということでもある。それを用いて長時間の戦闘を行えば、血の巡りが乱れたり滞《とどこお》ったりして、体の調子そのものが低下する。

筋肉の疲れならばちょっと寝れば治るが、魔力中毒《ヴエネノム》はそうもいかない。ふつうに生活をしていればそのうち治るものではあるが、逆に、短期間に同じようなことを繰り返せば簡単に慢性《まんせい》化する。

（熱が出るほどおかしな滞らせ方はしてねぇみたいだが、いちおう念のため全員、強制的に体をほぐしておいたほうがいいか？）

自分の手のひらを見下ろし、軽く指をごきりと鳴らす。昔にくらべて大切なものをいろいろと失ってしまった自分だが、幸いにして、体得していたいくつかの技術は今の世の中でもそのまま通用している。魔力中毒《ヴエネノム》への対処法もまたそのひとつ。かつての仲間たちにも（特にお年寄りを中心に）概《おおむ》ね好評だった得意技だ。

……まぁ。年頃《としごろ》の女の子たちにはどちらかというと不評であることが多いのだが。

それが自分たちの寿命《じゆみよう》――嫌《いや》な言い方をするなら『兵器としての耐用《たいよう》年数』に関《かか》わることだと言えば、逃《に》げはしないだろう。たぶん。

「もうちょっと、あちこち見たかった……」

名残《なごり》惜《お》しげにティアットが背後を振り返る。

「そのうちまた来る機会もあるさ」

その頭に手を置いてやると、「だから子供扱いしないでってば」と振り払《はら》われた。苦笑いして手をひっこめたところに、

「ヴィレム・クメシュ第二位呪器《じゆき》技官？」

愛想《あいそ》のかけらもない声で名を呼ばれた。振り返れば、見知らぬ男が立っている。

針金を縒《よ》ったような細い体。黒い日除《ひよ》け眼鏡。獣人《じゆうじん》にしては珍《めずら》しく顔立ちは人間《エムネトワイト》のそれに近いが、白い長髪《ちようはつ》と、同じ色の細長い耳介《みみ》が明らかにそれとは違《ちが》うという徴《シルシ》になっている。

兎徴人《ハレサントロポス》。獣人種だが、狼徴人《リユカントロポス》などとは違い非常に数の少ない種族。そういうものがい

るとヴィレムも知識としては知っていたが、実物を見たのはこれが初めてになる。

「……何だ、あんたは」

目を細め、ヴィレムは兎徴人《ハレサントロポス》の服装を確認《かくにん》した。

ぴしゃりと着こなされた士官用の軍服。その肩に貼《は》りつけられた一位武官の階級章。兵科章の意匠《いしょう》が示す所属は盾《たて》と大鎌《かま》――つまりは憲兵科。

「見ての通りだ。憲兵科の一位武官を務めている」

飛空艇《てい》はもう既《すで》に岸を離《はな》れる準備を始めている。係員が六つの手をメガホンにして「おいそぎくださ～い」と甲高《かんだか》い声をあげている。急がなければ乗り逃がす。そうなれば明日《あした》まで次の艇《ふね》はない。

「君のことは、〝石灰岩ノ肌《ライムスキン》〟一位機甲《きこう》武官の報告書で知った」

「そうかい。何が書かれてたかは知らねぇが、憲兵に目をつけられるような真似《まね》をした覚えはねぇぞ」

少なくともあの大トカゲの知る範囲《はんい》ではな、と心の中で付け加える。

「確かに。一位武官の報告書には『童女趣味《しゅみ》の疑いあり』とは書いてあったが、それ自体は咎められるようなことではない。罪は行動に対してのみ生じるものであり、嗜好《しこう》も思想もその対象とならない」

よしあのトカゲ、次に会ったら鶯賛崩疾《おうさんほうしつ》からの全力で蹴り倒《たお》そう。

「また、仮に管理対象に何らかの偏愛《へんあい》的な干渉《かんしょう》があったとしても、戦場での機能に支障が発生さえしなければ我々の関知するところではない」

よしこのウサギ、今すぐ殴《なぐ》り倒して黙《だま》らせよう。

「嘘《うそ》ばっか。そういう趣味とかじゃないから苦労してるんじゃない」

待てクトリ、聞こえよがしにつぶやかないでくれ心が痛い。

「だったら、用事は何だってんだ。あまり長くなるようなら日を改めてくれ、見りゃわかると思うが急いでんだ」

「君を会わせなければならない方がいる。同行してもらおう」

「断る」

きっぱりと言い放つ。

「何度も言わせるな。俺は急いでる。

報告書とやらを読んだなら分かってるんだろ？　俺はこいつらを監督《かんとく》する立場にある。兵舎……じゃねぇか、倉庫へ連れ帰るまでが一連の任務だ。一位武官さんとやらがどれだけ偉いかは知らねぇが、はいそうですかと邪魔《じゃま》されてやるわけにもいかねぇな」

「断らせるわけにはいかない。こちらも子供の使いではないのだ」

「そうかい、そいつは平行線だな。だったら平行線にふさわしく、交わることなくここでお別れってのはどうだ」

軽口を返しながら、武官のすぐ隣をすり抜《ぬ》けようとする。と、

「大賢者《だいけんじゃ》、スウォン・カンデル」

男は、呟《つぶや》くように、その名を挙げた。

ぴたりと、ヴィレムは足を止める。

「一位武官の報告によれば、君は、遺跡兵装《ダグウェポン》の調整ができるのだろう。しかも、よりにもよって、二位呪器技官という立場にある君がだ。

失われていたはずのものが、蘇《よみがえ》った。雄大《ゆうだい》な大地を失い、誰《だれ》もが小さな石ころにしがみついて生きるこの世界において、その意味は大きい。とても、大きい。

だから、君をこのまま放置はできない。君とその技術の扱いについて、大賢者様の知恵《ちえ》を借りねばならない。抗《あらが》うというのならば、不本意だが憲兵隊を動かすことになる――」

男が、軽く手を挙げる。

ざっ、と小さな足音とともに、何人もの軍人が離れたところに姿を現す。その全員が、柄《つか》に手こそかけていないものの、おそらくは儀礼《ぎれい》用などではないだろう無骨な長曲刀を腰《こし》に帯びている。

「ちょいと、穏《おだ》やかじゃないっすねぇ……」

「やめろ、アイセア。魔力《まりよく》は熾《おこ》すな。

さっきとは状況《じようきよう》が違う。こんなところで騒《さわ》ぎを起こせば、一方的に不利になるのは俺たちだ。そしてこいつらは、そういうことを考えて動く連中だ」

「……了解《りようかい》っす」

ふぅ、とアイセアはつまらなそうに細い息を吐《は》いて、魔力を鎮《しず》める。

「でも、だからってどうするんすか？　このままじゃ帰れないっすよ？」

「分かってるさ」

答えながら、ヴィレムは頭の中でひとつの名前を反芻《はんすう》する。

大賢者、スウォン・カンデル。

知っている名前だ。

忘れられない名前のひとつだ。

「確かに、会わないわけにはいかねぇな」

ぽつり呟く。

「ヴィレム？」

様子がおかしいとでも思ったか、ネフレンが心配そうな顔でこちらの目を覗《のぞ》きこんできた。こいつの鉄面皮がここまで分かりやすく表情を作ることは珍しいのだが、それほどに分かりやすく動揺《どうよう》してしまっていたか。

「一位武官」

「ああ」

「俺がお前についていったとして、お前らのほうでこの連中を68番浮遊島《ふゆう》まで送り届けられるか？」

妖精《ようせい》たちが、一人残らず動揺する。

「この徽章《きしょう》に懸《か》けて、間違《まちが》いなく引き受けよう」

兎徴人《ハレサントロポス》が頷《うなず》く。

「待ちなさいよ」

袖《そで》を、引かれる。

「ついていくって、何なのよそれ。いつ帰ってくるの」

「そりゃまぁ……そいつに関しちゃ、向こうの用事次第《しだい》としか言えねぇんだが」

肩をすくめる。クトリの目に怒《いか》りの色が混じる。

「行かないで」

「いや、だからそうもいかねぇんだってば」

「行くと怒《おこ》る」

「あまり我《わ》が儘《まま》言うなって」

「うっさい。これまでさんざんひとのこと子供扱《あつか》いしてきたんだから、こんくらいの我が儘くらい聞きなさいよ。それとも、都合のいいときだけ大人扱いする気？」

痛いところを突《つ》かれた。

子供の扱いなら慣れている。けれど、子供ではない女の子の扱いは、昔から、本当に苦手なのだ。

何を考えているのかがわからない。

どの言葉を信じていいのかがわからない。

何を言えば喜んでくれるのかがわからない。

そして何より、——何をどうやったら泣き止《や》んでくれるのかが、わからない。

「泣くな」

指を伸《の》ばして、目もとをぬぐってやった。が、その手を乱暴に振《ふ》り払われる。

「こんな時だけ優《やさ》しくするのって、最悪」

そうだよな。俺自身でも、そう思うよ。

けどな。他《ほか》にどうすればいいのか、わからないんだ。

昔からそうだった。今まさにそうだ。そしてきっと、これからもずっとそうだ。

「ごめんな」

一方的にそう言って、腕《うで》を引いた。

クトリの指がヴィレムの袖を離れ、虚空《こくう》を掻《か》き、そして何もつかめないまま握《にぎ》りしめられる。

「……馬鹿《ばか》」

自分の右手を胸元《むなもと》に抱《だ》きしめて、クトリが呟く。

これ以上、この娘《むすめ》一人に向きあってはいられない。ヴィレムは顔を上げ、

「夜行艇は冷えるからな、爪先《つまさき》まで毛布でくるんで、早めに寝《ね》ろよ。身体《からだ》を冷やしたら、魔力の乱れがなかなか収まらなくなる」

「あー……はぁ、まぁ了解っす」アイセアの、気のない返事。

「…………」ネフレンの、無反応。

「えと、あの、うん」ティアットは、クトリとヴィレムの顔を交互《こうご》に見ながらおろおろするのに忙《いそが》しくて、どうやらこちらの言葉が聞こえていない。

「じゃあな」

言って、優しくクトリの背中を押した。

力は込めていなかったが、バランスを崩《くず》した少女はそのまま何歩かたたらを踏《ふ》む。なんとか体勢を立て直してから、肩を一度だけ大きく震《ふる》わせて、

「大馬鹿！」

そんな言葉だけを残して、振り向きもせずに走っていった。

係員にチケットを叩《たた》きつけるようにして、巡回《じゅんかい》飛空艇へと飛び込んでいく。その勢いに慌《あわ》てた係員が、振り返って手遅《てお》くれの警告を飛ばす。いわく、危ないですからタラップの上は走らないでくださーい。

「返す言葉がねぇなぁ……」

罵倒《ばとう》の言葉が、骨身に染《し》みる。

「ほら、お前らもさっさと行け」

「技官がそう言うなら、まぁ、行くっすけどねぇ」

納得《なっとく》できていない顔で首をかしげるアイセアのすぐそばを、麻袋《あさぶくろ》を乱暴に積み上げた荷車が駆《か》けていく。おっと危ないよ嬢《じょう》ちゃんどいとくれ、という御者《ぎょしゃ》の言葉はどう考えても手遅れのものだったが、それはそれ。港湾《こうわん》区画という人と荷の出入りの激しい場所で、往来の端《はし》とはいえ立ち話をしているほうが悪い。

「それでいいの？」

――ああ、ネフレン。今度はお前か。

「いいも何も、何の話だよ」

「大事な一言、まだ言ってない。あんまりとぼけてると、私も怒るよ」

珍《めずら》しいことを言われた。

このネフレンに怒られるのか。ああ、そいつは嫌《いや》だなぁ。

声に凄《すご》みはない。いつもと同じか、下手《へた》をしたらそれ以上に淡々《たんたん》とした声。だからこそ、どうやらそれが本気であるらしいとわかる。

「守れない約束は、もう、したくねぇんだよ」

「守る気がないの？」

「その気はあるさ。だけどな、世の中にはできることとできないことってのが」

「そういう約束を、クトリにさせてたのはヴィレム自身」

これまた、返す言葉がない。

絶対に、生きて帰ってこい。確かにそう言った。使い捨ての兵士として本来許されるはずのない生還《せいかん》を、自分が納得できないなどというめちゃくちゃな理由で、当人の意思すら無視して、強要した。

「できるできないなんて言う権利は、ヴィレムにはない」

「ああもう。わぁったよ、たく、勝てねぇな」

乱暴に自分の頭を掻く、ふりをして、視線を妖精たちから引きはがした。

自分の表情が今どうなっているのか、正直言ってわからない。笑っているのか泣いているのか怒っているのか、そんな基本的なはずのことすらつかめない。

だから、そんな意味不明の顔を、誰にも見せたくなかった。

「さっさと用事を終わらせて、すぐ帰る」

背中越《ご》しに、宣言する。

「だから、お前らは先に倉庫《ウチ》に帰ってろ」

「ん、了解」

見えないところで、きっとネフレンは頷いた。

「……納得はできてないっすが、しょうがないっすね。その約束に免《めん》じて、今日のところは引き下がるっす。ほれちび助、行くっすよ」

「あ、うん、わかった……けど……」

「けどじゃなくて、さっさとするっす」

「うひゃいっ、わ、わかったから離《はな》れて!?」

やいのやいのと騒ぎながら、三人の小さな足音が、駆け足で遠ざかっていく。胸の奥を締《し》めあげるような大音量で汽笛が鳴る。マナーの悪い客に対して巡回飛空艇《てい》の係員の警告が飛ぶ。危ないですからタラップは駆け上がらないでくださいってばあ。

「こちらで艇《ふね》を用意してもよかったのだが」

そちらを見やりながら、兎徴人《ハレサントロポス》が呟く。

「お前らの世話になりたくないんだろうさ、たぶんな」

「嫌《きら》われたものだ。……おい、何名かついていけ。68番までの護送だ」

指示を受けた三人の憲兵が、妖精たちについて艇《ふね》へと走り込む。係員が悲鳴を上げる。

タラップが上がる。

回転翼《かいてんよく》がけたたましい音を立てる。

固定腕が外れる。

飛空艇が、11番浮遊島を、出航する。

四人の妖精を乗せて。

——背を向けたヴィレム一人を、置き去りにしたままで。

「それにしても、君はずいぶんと個性的な顔で泣くのだな」

無遠慮《ぶえんりょ》にこちらの顔を覗きこんでくる兎徴人《ハレサントロポス》には、少しだけ本気の拳《こぶし》を入れておいた。

『消えない過去、消えていく未来』
-no news was good news-

1．魂《たましい》のチェイスーA

時は、少しだけ遡《さかのぼ》る。

今から数えて、五日前。

墜落《ついらく》する前の、15番浮《ふ》遊《ゆう》島でのことだ。

†

鉄の塊《かたまり》を力任せに引き裂《さ》くような、条理を超《こ》えた悲鳴。

百七十八回目の絶命を迎《むか》え、〈六番目の獣《ティメレ》〉の骸《むくろ》が、どうと15番浮遊島の大地に倒《たお》れる。

そしてもちろん、間髪《かんはつ》を容《い》れずその背に裂け目が入り、百七十九番目の命が孵《ふ》化《か》を始める。

生まれ変わるたびに形を変えるそれは、今度は植物の姿を選んだようだった。百七十八体目の骸の内側に見えるのは、うごめく淡《あわ》い緑色の塊。そして、のたうちながらそこから伸《の》びる、無数の蔓《つる》。

「蒼《あお》ノ戦士ヨ、退ケ！　砲兵隊《ほうへいい》ハ飽《ほう》和《わ》攻撃《こうげき》ヲ開始、退却《たいきゃく》ヲ援護《えんご》！」

〝石灰岩ノ肌《ライムスキン》〟の指示が戦場を飛ぶ。が、蒼の戦士とやらであるところのクトリ・ノタ・セニオリスは納得しない。今クトリの手の中にある聖剣《カリヨン》セニオリスは、完全に目の前の〈六番目の獣《ティメレ》〉に呼応している。呼応した敵の魔力《ヴエネノム》に応じて自身の力を増すこの聖剣《カリヨン》は、つまり、今この瞬間《しゅんかん》に最大の破壊《はかい》力を発揮するはずなのだ。

ならば、できる限り長い間、戦場は自分が引き受けるべきだ。

「あと一回だけ、殺《や》らせてください！」

「ナラヌ！」

鋭《するど》い叱責《しっせき》。

逆らってこの場に残ろうか、とわずかに逡巡《しゅんじゅん》する。

今の自分は、圧倒《あっとう》的な力を振《ふ》るえている。これまでの戦闘とは比べものにならないほど貢献《こうけん》できている。遺跡兵装《ダグウエポン》、いや聖剣《カリヨン》の力を正しく引き出して、人間族《エムネトワイト》とともに失われた勇者《ブレイブ》の本領を発揮しているのだ。

だから、自分とこのセニオリスがなければ、この戦いに勝つことなどできやしない。ならば少しくらいの無理を押し通したって、構いやしないはず――

『赤い水』

――え？

『灰色の風』『笑う巨人《きょじん》』『傷ついた繭《まゆ》』

――なに、これ。

困惑《こんわく》する。

何の予兆も脈絡《みゃくらく》もなかった。突然《とつぜん》、奇妙《きみょう》なイメージが頭の中に浮《う》かぶ。

雑念のせいか、と思った。

何せ、この戦闘が始まってから既《すで》に百二十時間以上が経《た》っているのだ。自覚のないうちに集中力が落ちていてもおかしくない。それに、それだけの時間を戦場などという非現実の場で過ごしていれば、現実感のほうが薄《うす》れてきても当然だ。だから目を覚ましていながら夢をみるような器用なことをしてしまっているのだろう、と。

集中しないといけない。

この戦いには負けられないのだ。そして、自分は死ぬわけにもいかないのだ。

あの場所に還《かえ》るために。あの人のところに戻《もど》るために。だから。

『夜の中を泳ぐ魚』『天を貫《つらぬ》く砂造りの塔《とう》』『海緑色に朽《く》ち墜《お》ちる太陽』『甘ったるい断末魔《だんまつま》』『一抱《ひとかか》えほどの立方体』『鍵《かぎ》のかかった赤い魔法の本《グリモワール》』『背の高い木々に鈴生《すずな》りになった狐《きつね》の頸《くび》』『銀の杭《くい》』『力を合わせ虹《にじ》に黄土色のペンキを塗《ぬ》りたくり曖昧《あいまい》な色をすべて消し去るパン職人』『嵐《あらし》の夜の難破船の船底で首のない道化師《どうけし》が笑う笑う笑う笑う笑う笑う笑う笑う笑う笑う笑う笑う笑う——

「——んなっ」

集中しても。

そのつもりになっても。

治まらない。

増え続ける。

何が。

それは乱雑なイメージ。支離滅裂《しりめつれつ》な迷妄《めいもう》。押しつけがましい白昼夢。知らないはずの過去の影《かげ》。拭《ぬぐ》い去られたはずの魂の汚《よご》れ。自分と背中合わせの誰《だれ》かのつぶやき。夢の外側にある現実。休むことなく押し寄せてくる、圧倒的な怒涛《どとう》。

ぐちゃぐちゃになった頭の中に、よく知った声が割り込んできた。

「はい、そこまで」

「アイ……セア……？」

「交替《こうたい》はあたしが進言したんす。ここは素直《すなお》に下がるっすよ」

「でも、今は少しでも――」

「あと少しでも侵食《しんしょく》が進んだら、たぶん、手遅《ており》れになるっす」

侵食。

どこかで聞いた言葉だ。どこでだったか。ああ、そうだ、妖精兵《ようせい》になった時に教えられたのだ。自分たち、つまり妖精が何なのか。その命がどれだけ儚《はかな》いのか。傷ついて斃《たお》れる以外に、どのような形の死がありうるのか。

妖精とは、幼くして死んだ者の魂が、この世を離《はな》れられずにいるものなのだと。

それは正しく生命として存在するものではない。無知な魂の錯覚《さっかく》の結果として生じているだけの自然現象。だから、それはいつか、自分が何者であるかを思い出すのだ。

「これが、そうなの……？」

「クトリの年齢《とし》から考えて、まだ先の話だと思ってたんすけどねぇ。統計なんて案外役に立たないもんっすよ。もしかしてあれかな、セニオリスの魔力に引きずられる形で、いっきに進行したんすかねぇ」

「年齢《とし》……？　って、ひゃひっ⁉」

首根っこをひっつかまれて、強引《ごういん》に戦場を離脱《りだつ》させられる。

背後で砲撃《ほうげき》が始まった。全身鎧《よろい》を着こんだ屈強《くつきょう》な爬虫種《レプトレイス》の兵士たちが、ずらりと並べた火薬砲《ヴエネノム》に次々と火を入れていく。頭蓋《ずがい》を割らんばかりの轟音《ごうおん》が立てつづけに大地を揺《ゆ》らす。魔力に頼《たよ》らずに放たれた砲弾《ほうだん》は、木々を薙《な》ぎ倒し大地を削《けず》り取り、そして再生誕を進める〈六番目の獣《ティメレ》〉の体を千々に砕《くだ》く。もちろんそれは致命傷《ちめいしょう》になりえない――〈六番目の獣《ティメレ》〉の命を奪《うば》うには遺跡兵装《ダグウエポン》＝聖剣級《カリヨン》の呪器《じゅき》を使わなければならない――のだが、その動きと再生を一時止めるくらいの役には立つ。

黄金色の翼《つばさ》を広げたアイセアは、クトリをぶらさげたまま、戦場より千二百マルメル離れた休憩《きゅうけい》用の天幕《テント》まで飛翔《ひしょう》した。

「ほい」

ぺいっ、とばかりに床《ゆか》に放り棄《す》てられる。

「……痛いじゃない」

「そう感じていられるうちが華《はな》っすよ。そこに鏡があるの、見えるっすか？」

うつ伏《ぶ》せに転がったまま、クトリは顔を上げた。目の前、携行《けいこう》食料の箱が山のように積まれているすぐ横に、小さな手鏡が転がっているのが見える。

「これが何よ」

「見れば分かるっす」

言われて、手を伸ばした。柄《え》をつかみ、引き寄せて、覗《のぞ》きこむ。

緋色《ひいろ》の瞳《ひとみ》の誰かが、そこにいた。

「………何これ」

クトリ・ノタ・セニオリスの瞳は、深い蒼だ。自分ではあまり好きではない色合いだったのだが、ヴィレムが一度「海の色だな」などと褒《ほ》めてくれたので最近は少し意見を変えることにした。問題は自分がその海とやらを知らないことで、果たしてあれは本当に褒め言葉として受け取ってよい言葉だったのか。それはともかく。

鏡の中の少女の瞳は、どれだけ凝視《ぎょうし》しても、何度まばたきをしても、炎《ほのお》のように赤い。

「初期症状《しょうじょう》っすね。二時間も休んでいれば治まるはずっすけど、それまでは魔力《ヴエネノム》を熾《おこ》すのは厳禁っす。

それと、できるだけたくさん、自分のことを考える。他人の記憶《きおく》に押し流されちゃ駄目《だめ》っすよ。ちゃんと自分自身の記憶にしがみつくんす」

──『白い闇《やみ》の中の孤独《こどく》』『狭《せま》い場所にこだまする祈《いの》り』『本だらけの部屋』

相変わらず頭の中を暴れまわっている、正体不明のイメージたち。目もとを手のひらで覆《おお》い頭を振ってみたが、もちろんそう簡単に消えてなどくれない。

「記憶、なの、これ？　わたしがわたしになる前の、子供のうちに死んじゃった誰かの思い出？」

「他人っす。クトリとはまったく関係ない。何の接点もない、赤の他人。それを忘れたり勘違《かんちが》いしたりしたら、すぐ呑《の》まれるっすよ」

「さっき年齢《とし》がどうのって言ってたけど、これってもしかして」

「そうっすね。そもそも長生きする妖精なんてものがそうそういないんで、前世の侵食なんてもの自体が本来無視していいくらいのレアケースらしいんすよ。その数少ないケースからわかってる傾向《けいこう》としては、二十年近く生きて心身の成長しきった妖精が少しずつ思い出すもの、らしいっす。

今回のクトリはレアケースの中のイレギュラーっすね。さっきも言ったっすけど、身《み》の丈《たけ》を超《こ》える圧の魔力《ヴェネノム》に触《ふ》れ続けているせいで、いっきに進行してるみたいっす。このままじゃ、戦いの終わりまでどころか、今日中に死んじゃうっすよ？」

「それは、やだなあ」

ごろりと転がり、仰向《あおむ》けになる。

「二時間休んでいれば、治まるのね？」

「今の症状だけは、の話っすけどね。その後も、無茶な戦いはできないっすよ？」

「……きっついなぁ」

目もとを腕《うで》で隠《かく》して、あははと虚《むな》しく笑う。

もともと自分はこの戦いで死ぬはずだった。意図的に魔力《ヴエネノム》を暴走させ、大爆発《ばくはつ》を招くことによって敵を焼き尽《つ》くすはずだったのだ。

その結果を受け入れたくないから——受け入れたくなくなったから、聖剣《カリヨン》の扱《あつか》い方を彼から教わった。勇者《ブレイブ》としての戦い方も学んだ。

だというのに。

こんなところで、まさか、予想外の死が迫《せま》ってきているなどと。

「大丈夫《だいじようぶ》。逆を言えば、無茶さえしなけりゃ、そうそう進行しやしないはずだから。今多少侵食が進んだところで、クトリの体はまだ子供っすからね。節度を守って生きてれば、それ以上の侵食は起こらないっす。日常生活に支障はないってやつっすよ。

これについては、あたし、前例を一人よく知ってるんす。だから自信をもって保証するっすよ」

　どん、と薄い胸を叩《たた》く。

「……バターケーキ、かな」

「ん？」

「死ねない理由と、大事な約束を一緒《いっしょ》に思い出してるの。自分の記憶にしがみつくのが大切、なんでしょ？」

「そうっすけど、ずいぶんと食いしん坊《ぼう》な記憶っすね？」

「本能に根差した欲求《よっきゅう》は強いのよ。──たぶんね」

　だったらいいっすねぇ、とアイセアは笑う。

　この子の笑顔《えがお》を、久しぶりに見たような気がする。

　冷静に考えれば、そんなはずはないのに。むしろ笑顔以外の表情を思い出すのが難しいほど、いつもにこにこにやにやにまにまにたにたと、あまり上品ではない方向に朗《ほが》らかにしていたはずなのに。

「そんじゃ、あたしは行ってくるっすよ」

「……どこに？」

「そりゃあ前線っすよ。順番なら今ごろレンが頑張《がんば》ってるはずだから、そのサポートっすね。時間はたっぷり稼《かせ》いでくるから、安心してのんびりしてるっす」

「うん……そうね、お願い」

「ん、お願いされたっす」

目を糸のように細めて、笑顔でアイセアは頷《うなず》く。


疑問があった。

なぜアイセアは、これほどまでに、前世の侵食について詳《くわ》しかったのか。

なぜアイセアは、あれほどまでに、クトリの変化を的確に見抜《みぬ》くことができたのか。

けれど聞けなかった。

そして、聞く必要もなかった。

「よいせっと」

アイセアが、魔力《ヴエネノム》を熾し、翼を広げて空へと飛び立つ。

その黄金色の瞳の中で、小さく緋色がゆらめいているのが見えた。

†

『諍《いさか》う大人の男女』『大きな大きな水たまり』『鶏《にわとり》の足』

「変な記憶」

ぽつり、呟《つぶや》く。

『歪《ゆが》む湖』『どこまでも続くオレンジ色の道』『銀色に光る布地』

「赤ん坊とかのうちに死んじゃった魂《たましい》が妖精になる、だっけ。それにしちゃずいぶんいろんなもの見知ってるみたいだけど、いったいどこの生まれだったのよ、この子」

それとも。

最初からそれなりの年齢の妖精として〝発生〟した自分が知らないだけで、世の中の幼い子供たちの目には、世界がそういうふうに見えているものなのだろうか。

森を走り抜《ぬ》ける小さなトカゲの一匹《ぴき》を見たとして。彼らの目に映るのは炎を吐《は》き散らす竜《ドラゴン》かもしれないし、別の世界へと誘《いざな》う案内人かもしれないし、誰《だれ》かのカバンの把手《とって》が外れて風に吹《ふ》き転がされている姿かもしれない。

だから、子供の目の前に広がる世界はいつでも——子供ではない者の目には——不可思議と不条理に満ちている。今自分が見せられているのは、もしかしたら、それなのか。

仰向けになったまま、天幕《テント》の裏地を眺《なが》めていた。だから、流れ出た涙《なみだ》は、こめかみを伝って耳のほうへと流れていく。

妖精《ようせい》は、死を理解できない幼い魂が迷い出たものなのだという。

そして自分の知る限り、大人と呼べるほどの歳《とし》まで生きた妖精は存在しない。

ずっと、戦いのせいだと思っていた。〈獣《けもの》〉との激しい戦いの中で、年長の妖精から順に傷つき、あるいは暴走して散っていったからなのだと。

けれど、もしかしたら、それは間違《まちが》いだったのかもしれない。

そもそもの話として、妖精は大人になどなれない存在なのかもしれない。

死を理解できない魂のなれの果ては、長じれば、死を理解してしまう。そうすれば、すべてはほどけて、自然の形に戻《もど》る。

運命というものがあるとしたら、たぶんそれは、こんな感じのものだ。

どれだけ望もうと、どれだけ願おうと、最初から決まっていた結末は、覆《くつがえ》らない。

「……ちぇ」

「大人になるまで生き延びたら、今度こそ文句ないだろ結婚《けっこん》しろやオラァ、とか詰《つ》め寄るつもりだったんだけどなぁ」

ヴィレムから聞いたことがある。かつて人間族《エムネトワイト》たちの世界において、勇者《ブレイブ》に必要とされる資質のひとつが「悲劇」であったらしい。

誰もが嘆《なげ》くような過去や運命を背負った者は、そうでない者よりも、絶大なる力を振《ふ》るう勇者《ブレイブ》にふさわしい。そういうものであったらしい。

そして、最も古く強大な聖剣《カリヨン》であるセニオリスは、特にその傾向が強い者を好むのだという。死やら破滅《はめつ》やらといった運命を背負ったものにしか帯びられない、あまりに高潔すぎる白の剣。

「――なるほどなぁ……だからきみ、わたしなんかに使われてくれちゃってるんだ」

床《ゆか》に転がるセニオリスを、恨《うら》めしげに見つめる。

素材が死者の魂であるせいか、本来、妖精にとって命は軽い。死をあまり恐《おそ》れない。

その点、今のクトリは、あまり妖精らしくない状態にある。彼女には死ねない理由がある。生きて帰らなければいけない場所がある。

「バターケーキ」

ぎゅっと拳《こぶし》を固めて、その言葉をつぶやく。

――わかったわかった。オーケーだ。胸焼けするほど食わせてやる。

――だからわかってるな、絶対に生きて戻ってこい。


思い出されるのは、星のまぶしかったあの夜に、彼と交《か》わした約束の言葉。

決意が固まった。

もうこの際、長く生きることが許されなかったとしてもいい。

あの人の傍《そば》で、大人になることができなかったとしてもいい。

悔《くや》しいけれど、そこまでは諦《あきら》めよう。妖精なんかに生まれついてしまった自分が悪いのだ。悲劇フェチの聖剣《カリヨン》なんぞに気に入られてしまうほど不幸だったというだけの話だ。

だけど。だからこそ、せめて。

少しでも長く、この泡沫《ほうまつ》の夢の中で、生きていきたい。

たとえいつか世界が終わるとしても、終わりのその瞬間《しゅんかん》まで、その世界は確かに存在するのだ。その場所に、自分は生きているのだ。だから、

「よっしゃ、気合い入ってきた！」

空元気をかき集めて、拳を虚空《こくう》に振り上げた。

それから、さらに、戦いは続いた。

太陽が沈《しず》み、昇《のぼ》って、また沈み、また昇って。それを繰《く》り返して。

†

†

絶望が、そこにあった。

絶望は、黒い大量の蔦《つた》が絡《から》み合って形作る、巨大《きょだい》で無貌《むぼう》の人のかたちをしていた。

それは二百十六回目の死の中から生まれてきた〈深く潜む六番目の獣《ティメレ》〉であり、二百十七回目の死を迎《むか》えたばかりの骸《むくろ》であり、二百十八番目の生命を生み出そうとしている蛹《さなぎ》であり、

――それ以外の何かをも生み出そうとする、ゆりかごでもあった。

「モウ一体ノ〈六番目の獣《ティメレ》〉ダト……？」

爬虫種《レプトレイス》の兵士が、砲撃《ほうげき》も忘れ、呆然《ぼうぜん》と呟いた。

今にも崩《くず》れ落ちそうなほどに疲弊《ひへい》したネフレンが、荒《あら》い息の下から否定する。

「違《ちが》う」

「戦術予知は、〈六番目の獣《テイメレ》〉が複数攻《せ》めてくるなんて言ってなかったはず。〈六番目《テイメレ》〉の襲撃《しゅうげき》に関して、予知は絶対。だからあれは、別の何か」

「シカシ、火砲《かほう》ガ効イテオラヌ！　ナラバ、アレハ〈六番目ノ獣《テイメレ》〉デハナイノカ！」

「消去法で言うなら、〈六番目《テイメレ》〉以外の、誰も知らない別の〈獣〉……？」

「なんでそんなもんが、この局面で生えてくるんすかあ!?」

泣き笑いの顔で、アイセアが悲鳴を上げる。

ここまで長引いた戦闘《せんとう》の中、誰もが消耗《しょうもう》しきっていた。これが最後の一回だ、これがとどめの一撃《いちげき》だと、何度も自分たちに言い聞かせながら〈六番目の獣《テイメレ》〉を殺し続けてきた。その果てに行きついたのが、今この戦況《せんきょう》だ。

爬虫種《レプトレイス》たちの使う火薬砲の装薬および砲弾《ほうだん》も、ほぼ底をついている。体力については今さら言うまでもない。

そして、先の見えない戦いは、そうでなくても士気を消耗させる。その末に、敵が斃《たお》れるどころかさらに増えるという事実は、その場の全員の心を折るに充分《じゅうぶん》足るものだった。

勝てない、と。

誰もがそう思いながら、しかし言葉にはできなかった。

「──撤退《てったい》スル」

苦い声で、〝石灰岩ノ肌《ライムスキン》〟が宣言した。

「二十分後ニ、コノ島ヲ覆ウ抑制陣《よくせいじん》ヲ解除。同時ニ近在スルスベテノ浮遊《ふゆう》島ニ対シテ警告ヲ送レ。15番浮遊島ニテ外敵ノ排除《はいじょ》ニ失敗、同島ハ今後、〈獣〉ノ領域トシテ、アラユル生命ニトッテノ脅威《きょうい》トナル」

「いやいやいやいや!?　いくらなんでもまずいっすよ、それ！　浮遊大陸群《レグル・エレ》がまだ浮《う》いてられるのは〈獣〉が自在に空を飛べないからっすよ!?　こんな近くに巣を張られたりしたら、もう全滅《ぜんめつ》まで秒読み開始じゃないっすか！」

「無論ソノ通リダ。

故《ゆえ》ニ、可能ナ限リ速ヤカニ、コノ島ヲ沈メル必要ガアル。

シカシ、コノ島ハ大キイ。墜《お》トストナレバ、尋常《じんじょう》ノ火力デハ足リン。浮遊大陸群《レグル・エレ》ノ総力ヲ挙ゲネバナラン。〈獣〉ノ侵攻《しんこう》速度トノ勝負トナルナ」

「……念のために聞いておきたいんすけど、その勝負に負けたら、どんなことになっちゃうんすかねぇ？」

「本当ニ聞キタイノカ？」

「あー、うん、やっぱいいっす。うん」

耳をふさいで、ぶるぶると頭《かぶり》を振る。

「──わたしのせいだ」

そう呟くクトリの顔は、遠目にも見てとれるほどに青ざめていた。

「もともと、わたし一人が暴走すれば、問題なく倒《たお》せる相手だったはずだもの。わたしが生きたいなんて言いだしたから、こんなことに──」

「違う」

疲労《ひろう》が限界を超《こ》えたのだろうか、ぺたりと地面にしゃがみこんだネフレンが言葉を挟《はさ》みこんでくる。

「戦術予知は、敵戦力を〈六番目の獣《ティメレ》〉の分しか計算に入れてない。クトリが自爆《じばく》しても、〈六番目の獣《ティメレ》〉をぎりぎり殺しきることしかできなかった。あの、もう一体の〈獣〉がそのまま残ってたはず。

そうしたら、クトリを欠いたまま未知の〈獣〉と戦うはめになってた。そっちのほうが、今より状況《じょうきょう》はずっと悪い」

「あー……道理っすねえ……今の状況も充分最悪っすけど、まぁ、最悪中の最悪よりはほんのちょっぴりでもマシってだけで、少しは救われるってもんすかね」

アイセアの口元が、これ以上ないほどに引きつっている。

「そう……かな？」

信じ切れていない顔のクトリに、

「絶対にそう」

ネフレンは力強く断言してのける。

「あれらは、最初から勝てる相手じゃなかった。そう考えることに決めて、今はどうやってこの島を墜とすかだけを考えるべき」

「ソレモマタ、道理ダ」

〝石灰岩ノ肌《ライムスキン》〟が頷《うなず》く。

「護翼《ごよく》軍ノ保有スル火砲ノスベテヲ集《つど》ワセルナラバ、ドレダケ急イデモ、十ノ夜ヲ経ルダロウ。ダガ、ソノ間ニ他《ほか》ノ島ヘノ被害《ひがい》ガナケレバ、凱歌《がいか》ノ芽ガ見エテクル」

「……その時点でけっこう綱渡《つなわた》りに聞こえるんすけど、その集めた火力でこの島は確実に墜ちてくれるんすかね？」

「オヨソ二割トイッタトコロカ」

「わはは、微妙《びみょう》に現実的なところとか、かなり笑えない数字っすね」

「マッタクダ」

ガラララ、と小石をかき交ぜるような音をたてて爬虫種《レプトレイス》の将は笑う。

ああ、そうか、とクトリは思う。

世界は終わるのかもしれないな、と、意外なほどすんなりと、心が受け入れる。

その結論に、違和感《いわかん》もなかった。拒否感《きょひかん》もなかった。自分が発生《うまれ》してからずっと背中のすぐ後ろにあったものが、ついに肩《かた》に手をかけてきたような、そんな感覚だった。

この世界は、最初から、滅《ほろ》びかけていた。それが、ようやく滅びるだけだ。ずるずると先送りにしていた終末が、やっと訪《おとず》れる。それだけの話だ。

嘆《なげ》く必要はない。どうせみんな死ぬのだ。後には何も残らないのだ。誰《だれ》一人として寂《さび》しい思いをすることはないのだ。ならば、心安らかにその時を迎え入れるのが一番だ。慌《あわ》てても焦《あせ》っても、何もいいことなどない。

（────って、そんなわけないじゃない！）

胸元《むなもと》のブローチを、無意識にぎゅっと握《にぎ》りしめる。

まだ忘れていない。自分には、生きて帰らなければならない理由があること。おなかいっぱいに勝利のバターケーキを食べるまで、死ぬわけにはいかないということ。あのトーヘンボクにプロポーズを受け入れさせるまで、泥《どろ》をすすってでも生き延びなければならないということ。うん、あれだ、どうやら超《ちょう》長生きしないと駄目《だめ》っぽい。

そして長生きするには、世界に滅びてもらっては困るのだ。

もちろんヴィレムに死なれるのもアウトだし、まだ戦えないちびどもを危険に晒《さら》すのも考えたくない話だ。ならば、

『揺《ゆ》れる小舟《こぶね》』


――ああもう。またあの侵食《しんしょく》だ。

少しでも気を抜《ぬ》くと、するすると心の隙間《すきま》から湧《わ》き出してくる。そして、こちらの生命を狙《ねら》ってくる。まったく鬱陶《うっとう》しい話だ。

妖精《ようせい》なんていう不安定な存在である自分の方が立場としては弱いのかもしれないが、知ったことではない。自分は生きているのだ。生きて幸せを摑《つか》もうとしているのだ。その権利、とっくに死んだ誰かなんかに覆《くつがえ》されてたまるものか。

そう決意した瞬間に、ひとつの考えが、頭に浮かんだ。

どうにもこうにも、賢《かしこ》い手ではない。もっとゆっくり考えれば、よりよい手がいくらでも思い浮かんだだろう。しかし、考える時間すら限られている今この時に限っては、考え

つくことのできたその策が、即《すなわ》ち最善手であると思えた。

その手を実行するのに必要なのは、ちょっとした覚悟《かくご》だけ。

――『諦《あきら》メ』ト『覚悟』ハ、本質的ニ同ジモノダ。

――ドチラモ、目的ノタメニ大切ナモノヲ切リ捨テル決断ノコトヲ指ス。

そうだ。誇《ほこ》りをもって、自信いっぱいに、諦めよう。目的のために、大切なものを、切り捨てよう。今はそれが必要だ。

ゆっくりと、息を、大きく吸う。

吸った息を、これまたゆっくりと、時間をかけて吐《は》き出した。

「クトリ？」

様子がおかしいと思ったのだろう、ネフレンが声をかけてくる。それには応《こた》えず、

「ひとつ思いつきました。一位武官。今すぐ、撤退を開始してください」

蠢《うごめ》く〈獣《けもの》〉をまっすぐに睨《にら》みつけたまま、静かに、クトリは告げた。

「レン、アイセア。ちょっとだけ手伝って。きみたちは自分で飛べるし、ちょっとくらい脱出《だつしゅつ》が遅《おく》れても飛空艇《てい》までたどり着けるよね」

「どういうことっすか？」

「ちょっと、この島、割っちゃおうと思って」

宣言して、右手のセニオリスをぶんと振《ふ》った。

刀身に走った無数の罅《ひび》が、その隙間を広げる。魔力《まりょく》の昂《たかぶ》りを示す淡《あわ》い光が、その隙間からあふれ出す。

聖剣《カリヨン》は、弱者が圧倒《あっとう》的な強者に抗《あらが》うために造り上げられたもの。それは「刀身に触《ふ》れた者の力を利用する」という仕組みによって実現する。相手が強ければ強いほど、聖剣《カリヨン》は自らの力を高めてそれに対抗《たいこう》する。

そして今、自分たちの目の前には、浮遊大陸群《レグル・エレ》という世界をまるごと滅ぼしかねない、そりゃもうとんでもなく強大な敵がいる。

「さて、と」

〈六番目の獣《ティメレ》〉の二百十八番目の命が誕生を終えるまで、もうあと数秒もない。

クトリは地を蹴《け》る。体内で熾《お》きあがる魔力が集中力を引き上げ、時間の流れを引き延ばす。色彩《しきさい》の消えた灰色の世界の中、体にまとわりつく空気の壁《かべ》をかきわけるようにして、一息に距離《きょり》を詰《つ》める。

迎撃《げいげき》しようと、蔦《つた》が、しなる。

繰《く》り出された八十七本の蔦を、クトリは慎重《しんちょう》に観察した。

数こそ多いが、そのほとんどは示威《じい》のためのハッタリに近い。六十五本は避《よ》けるまでもなく、放っておけば無駄《むだ》に地面を叩くだろう。問題は残りの二十二本。八本は足を狙い機動力を奪《うば》おうとしているし、五本は腕《うで》と聖剣《カリヨン》を狙い攻撃力《こうげき》を削《そ》ごうとしているし、残りの九本は頭と胸を狙い命を終わらせようとしている。一本一本を見ればさほど精密に動いているわけではないが、なにぶん数が多いため、すべてを躱《かわ》しきることは不可能。死を覚悟の上での特攻《とっこう》であれば致命傷《ちめいしょう》だけをしのいでとにかく前へと進むことだけを考えればいいが、今の自分はそういうわかりやすいやりかたに頼《たよ》ることができない。だから、

（まずは！）

足を狙ってきた蔦を、セニオリスで切り払《はら》う——と同時に、刀身に触れた蔦の内側を巡《めぐ》る魔力をセニオリスに覚えさせる。鍔から溢《あふ》れる光がわずかに強くなる。

クトリの思考が、そして五体の速度が、さらに加速する。加速はわずかな時間の余裕《よゆう》を生む。その時間の隙間にねじ込むようにして、剣《けん》を振るう。腕を狙っていた五本が、ばらばらにちぎれて宙を舞《ま》う。

（次！）

『七つの目を持つ蛙《かえる》』

侵食もまた加速する。構っていられないので、今は無視する。
新たに切り払った五本の分、セニオリスの魔力がさらに励起《れいき》する。

『蛇《へび》を呑《の》みこむ獅子《しし》』『山のようになった貨幣《かへい》』

あとは、同じことの繰り返しだ。自分に近いものから順番に、とにかく当たればそれでいいとばかりに、ひたすら刀身で薙《な》ぎ払っていく。そのたびに得られた力で、次の一閃《いっせん》と一歩のための時間を得る。

『空からそびえる山』『雨にけぶる田舎《いなか》町』『小さな椀《わん》の中の砂糖菓子《がし》』

距離が、零《ゼロ》になる。
すぐ目の前の、絡《から》み合う蔦の塊《かたまり》に、真上から聖剣《カリヨン》を突《つ》き入れる。
剣は蔦の何本かを切り飛ばし、塊自体は貫通《かんつう》して、そのまま15番浮遊《ふゆう》島の大地へとまっすぐ突き立った。

『燃え上がる道しるべ』『丸い虹《にじ》』『でたらめな音を奏《かな》でるカスタネット』『金と銀のメッシュの毛並みの猫《ねこ》』『縦に回る車輪』『柄《え》のない両刃《りょうば》のナイフ』『山のように大きな手袋《てぶくろ》』『塔《とう》の上から吊《つ》られた男』――

(――これで――)

クトリの意思に呼応して、セニオリスが吼《ほ》える。圧倒的な熱量を湛《たた》えた魔力《ヴェネノム》が、敵である〈獣〉を無視し、地の下へと潜り込んだ切っ先にそのすべての力を解放する。

「どう――」

聖剣《カリヨン》の刀身全体が、強く輝《かがや》く。

その輝きは、柄《つか》に近いところから順に、切っ先に向かって集まっていく。

「――だあああああ!」

すべての光が、大地の中へと、吸いこまれていく。

ほんの一呼吸ほどの時間の、短い静寂《せいじゃく》。

ご。

下腹に響《ひび》く、鈍《にぶ》く低い音。大地に罅が入る。

罅は蜘蛛《くも》の巣のように広がり、浮遊島全体を包み込む。罅から光が溢れる。光は大地の内側から、罅を大きく広く押し開く。大地が割れる。

島が、墜《お》ちる。

〈獣〉が蔦を大きく広げ、手あたり次第《しだい》に辺りの岩盤《がんばん》に張り付く。しかし、張り付いた先から、その岩盤そのものが崩《くず》れ落ちてしまうので、どれだけ足掻《あが》いたところで身を支える役には立たない。

次々と崩れていく瓦礫《がれき》の山に埋《う》もれるように、〈獣〉は地上に向けて落下を始める。

『――――――』

墜ちゆく〈獣〉たちが何かを叫《さけ》んでいるのが、聞こえたような気がした。

もちろん、気のせいでしかないのは分かっていたのだけど。

「な――何やってるんすかあんたはああああ!?」

悲鳴じみた声をあげて、アイセアが幻像《げんぞう》の翼《つばさ》で飛翔《ひしょう》した。〈獣〉に抱《だ》き着くような形で力を使い果たしているクトリを、すんでのところで拾い上げる。

その背後に迫《せま》る蔦の一撃《いちげき》は、すぐ後ろを追ってきていたネフレンが叩《たた》き落とす。

「なんたるむちゃくちゃ……」

蔦の攻撃の届かないところまで、少しだけ高度をとる。その目の前で、15番浮遊島は、崩壊《ほうかい》を始めていた。

護翼軍の全火砲《かほう》を集めても、落とせる可能性が二割程度しかなかった島が、たかが一本の聖剣《カリヨン》によって、あっけなく破壊《はかい》された。

「クトリ、聞こえてるっすか？」

蒼髪《そうはつ》の妖精を抱きかかえたまま、アイセアは尋《たず》ねる。

「ん……大丈夫《だいじょうぶ》、聞こえてる……」

「自分が何やったか、わかってるっすか？」

「大丈夫……覚えてる……」

「大丈夫じゃないっすよ！　自分がどういう状況《じょうきょう》にあるのか、忘れたんすか⁉　無茶をしたら、すぐ侵食は加速するって言ったはずっすよね⁉　こんな無茶をしたら、命を縮めるってレベルじゃすまないっすよ⁉」

「大丈夫、大丈夫……だって」

顔を上げ、クトリは笑った。

真紅《しんく》に染まった瞳《ひとみ》を薄《うす》く細めて、力なく、にへらと笑ってみせた。

「ちゃんと帰るって、約束したんだから。ね？」

今にも消えてなくなってしまいそうな、儚《はかな》い笑顔《えがお》。

「胸を張って帰って、ヴィレムに報告するの。あなたのおかげで生き延びちゃいましたって。けれど明日《あした》はどうなるかわからないから、これからもずっと、そばでいろいろ教えてくださいって」

あははは、と、根性を入れて笑う。

「……あー、でも、侵食《しんしょく》のことは内緒《ないしょ》にしとかないと駄目《だめ》かな。きっと、そんなこと聞いたら、あのひと本気で心配しちゃうから。ちゃんといつも通り、少しだらっとしてるけどかっこいい感じで、よっかかり甲斐《がい》があるひとでいてほしいのよね、うん」

「ああもう、本音ダダ漏《も》れで気色悪いったらないっすねあんたは！」

アイセアが、大切な友人の細い体を、力の限りに抱きしめる。

「痛いよ、アイセア」

「生きてる証拠《しょうこ》っすよ。我慢《がまん》するっす」

しょうがないなぁ、とつぶやいて、クトリは体の力を抜《ぬ》いた。

ちゃんと帰ると、約束した。

その約束にしがみついているから、生きていられる。

そこまではいい。問題は、そのあとだ。約束が果たされたあと、約束がなくなってしまったあとには、その命はどうなってしまうのか。

当然生じるこの疑問について、アイセアは何も尋ねない。クトリも何も答えない。

答えは、知りたくなかったから。

いつか逃《に》げられなくなるその時まで、目を逸《そ》らし続けていたかったから。

2. 蒼空《あおぞら》を守護する者たち

ところで、ここに一人の老人がいる。

彼の名を知る者は少ない。が、その一方で、彼の存在はとても有名だ。人々からは、ただ、偉大《いだい》にして賢《さか》しき者——即《すなわ》ち大賢者《だいけんじゃ》とだけ呼ばれている。

彼の歴史は、即ち、浮遊大陸群《レグル・エレ》の歴史である。

例えば大陸群随一《ずいいち》の蔵書を誇《ほこ》るとされるセナート大図書館をひっくり返して、最も古い史書を探し当てたとしよう。現代のような製紙や印刷の技術がない時代のものだから、おそらくは分厚い羊皮紙にペンで手書きしたものだ。そのページをぺらぺらとめくれば、浮遊大陸群《レグル・エレ》の起こりについて記されている。人間族《エムネトワイト》の放つ〈十七種の獣《けもの》〉によって、地上が滅《ほろ》びに向かい始めた時のこと。数少ない生き残りが神峰《しんぽう》フィスティラスの山頂に集まって、恐《おそ》ろしい速度で迫る死を前に何もできずにいた時のこと。一人の男が強大なる魔力《ヴェネノム》によって空への道を繋《つな》ぎ、生き残りたちを天空の大地へといざなった時のこと。

この男というのが、つまり、その老人のことである。

過去を語ることを本分とする史書ですら、この老人に刻まれた皺《しわ》よりも古い歴史を語ることができない。

それほど長い間、彼はこの大地とともにあり、人々を導き続けてきた。

「遺跡兵装《ダグウエポン》を調整できる男だと？」

ぎろり、と鋭《するど》い視線が回廊《かいろう》を横切る。報《しら》せをもってきた銀眼種《ブライマ》の女官は青い顔になってすくみ上がった。

「ああ――いや、お前を咎《とが》めているわけではない。生まれつき儂《わし》の目つきが悪いだけだ、怯《おび》えんでもいいのだ。

それはそれとして、その下らん話を持ってきたのはまたバロニ・マキシか？」

　こくこくこく、と女官の首が縦に振《ふ》られる。

「まったく、あやつは。それほどまでに簡単な物事の真偽《しんぎ》も見分けられんのか。遺跡兵装《ダグウエポン》の調整など、不可能だ。たとえ太陽が西から昇《のぼ》ろうと、真夏に雪が積もろうと、人間《エムネトワイト》が大地に蘇《よみがえ》ろうと、だ」

　えっ、と、女官の首が疑問の形に傾《かし》げられる。

「どうした」

　視線を向けると、女官はまた、小さな悲鳴を上げて縮こまる。

「——咎めてはおらんぞ。疑念があるなら、問うがいい」

「い、いいえ！　揚《あ》げ足をとるような言葉遊びでしかありません、どうかご容赦《ようしゃ》を！」

「揚げ足。……ああ、人間《エムネトワイト》が蘇るならば、人間《エムネトワイト》の武器を調整できるはずだという話か」

　消え入りそうなほど小さな声で、女官は「はい」と答える。

「だから怯えるなと言うておるに。言葉遊びでも良いではないか、戯《たわむ》れに興じる心は大切なのだぞ、長く生きる者にとっては特にな。

　それに、その疑問はもっともなものだ。儂とて、何も知らぬ立場であれば、同様のことを考えたかもしれぬ。だが、違《ちが》うのだ」

　老人は頭《かぶり》を振って、

「遺跡兵装《ダグウエポン》、即ち聖剣《カリヨン》とは、無数の護符《タリスマン》を組み合わせ呪力《じゅりょく》で連結したものだ――と、言葉で言えば単純に聞こえるだろうがな。異なる護符《タリスマン》の相互干渉《そうごかんしょう》によって新たな力を発現させようなど、精緻《せいち》という言葉すら生ぬるいバランスの上にのみ成立する奇跡《きせき》だ。当然、その調整に要求される技術は常軌《じょうき》を外れていた。切り出されてもいない自然岩を縦《たて》に積み上げて天を目指すようなもの、とたとえれば少しは伝わるか？」

「はぁ……」

ぽかん、とした顔になる。

「それらを携《たずさ》え戦っていた勇者《ブレイブ》という連中の中にも、自分の剣《けん》の面倒《めんどう》を見られるものなど一握《ひとにぎ》りもいなかった。それが当たり前だった。調子の崩れた聖剣《カリヨン》を直したいと思えば、専門の技師を集めてチームを組み、設備の整った工房《こうぼう》で時間をかけて行うしかなかったのだ。

それだというのに、先ほどの報告は何だ。

個人で調整？

しかも、極位の一振《ひとふ》りであるセニオリスを？

さらには同じ者が、他《ほか》の剣の調整までやってのけただと？　ははッ！」

どこか楽しげに吐《は》き捨てる。

「およそ売り込みのために話を盛ったのであろうが、やりすぎであったな。そこまでの業《わざ》を修めた化け物など、人間《エムネトワイト》の世にあっても存在はしなかった。奇跡の復活どころか、それを遥《はる》かに超《こ》えた大言壮語《たいげんそうご》ではないか」

「化け物……ですか。その言葉、以前にも伺《うかが》いました。確か〝黒瑪瑙の剣鬼《ブラックアゲート・ソードマスター》〟……でしたか」

「ああ——そうだな」

女官が話を継《つ》いでくれたことに、老人は少し気分をよくする。

この回廊は無駄《むだ》に長く、景色にも面白《おもしろ》みがない。無駄話でもしながらでなければ、とても歩き続けることに耐《た》えられない。

「あの者にならば、その大言壮語を現実にすることも可能であったかもしれんな」

どこか遠い目で、懐《なつ》かしそうに、大賢者はその者のことを語る。

「凄《すさ》まじいまでの怪人《かいじん》であったよ、あれは。

奴《やつ》は、おおよそ才能と呼べる才能を何も持たなかった。熾《おこ》せる魔力は並以下。単純な呪蹟《ソーマタージ》を刻むこともできない。最終的に本人が志した剣技《けんぎ》の道においても、そこらの街道場で学べるレベルの技《わざ》までしか扱《あつか》うことができんかった」

「それは……普通《ふつう》の方、なのでは？」

「凡人《ぼんじん》であったとも。少なくとも最初のうちは、そうであったはずだ。

　だが、やつは正規勇者《リーガル・ブレイブ》になることを志した。そしてその道を、自分の無才という現実を何度突《つ》きつけられても、諦《あきら》めようとはしなかった。

　自分に足りないものを埋《う》めるために、とにかくひたすらに、多くのものを取り入れ続けた。そして自分のものとなったわずかなものを、とにかくひたすらに、磨《みが》き上げた。

　結果、どうなったか。

　伝説の剣を持ち伝説の秘奥義《ひおうぎ》をブッ放すような連中がうじゃうじゃしている人外魔境《まきよう》の戦いに、街道場で学べるレベルの剣技だけを携えて挑《いど》み、そして誰《だれ》よりも戦果を挙げて帰ってくるような化け物が生まれた」

　畏怖《いふ》か、敬意か、それとも他の何かか。大賢者は、軽く体を震《ふる》わせる。

「振るう力の強さ、それによって成せる事の多彩《たさい》さなどにおいて、まだ未熟であった当時の儂ですら、奴などよりも数段優《すぐ》れていた。だというのに、さらなる力を得た今に至ってなお、奴と争って勝利する自分が想像できん」

「想像、ですか」

　女官は顔を伏《ふ》せて、小さく控《ひか》えめに笑う。

「私たちは、その、伝説の剣や秘奥義といったものがどのようなものであったかを知らないのです。大賢者様以上の猛者《もさ》と言われましても、とても想像が届きません」

「――それで良いのかもしれんな。失われたものは、戻《もど》らんのだ。かの時代の記憶《きおく》、かの時代の者の思い出は、すべて儂の郷愁《きょうしゅう》に過ぎん。今を生きるオマエたちは、今の時代を背負って生きていけば良い」

かつん、と小さな音を立てて、歩みを止める。

「この部屋か」

「はい。いかがなさいますか？」

「なに、連れてきてしまったというならば、仕方があるまい。せめて、その詐欺師《さぎし》の顔を拝ませてもらうとするか――」

ノブを回し、扉《とびら》を押し開く。

黒髪《くろかみ》の青年が、応接用の机に片肘《ひじ》をついて、退屈《たいくつ》そうにあくびをしている。

「……ん？」

青年が、こちらを見た。

「おう、スウォンか。久しぶりだな、っていうかお前ずいぶんイメージ変わったな？」

がくん、と大賢者の顎《あご》が落ちた。

「ずいぶん背ぇ伸《の》びたじゃねぇか。マントがなかったら分からなかったぞ」

「〝黒瑪瑙《ブラックアゲート》の……剣鬼《ソードマスター》〟……？」

かすれる声で、大賢者――スウォンは、その青年の名を呼ぶ。

「そう呼ばれるのも久しぶりだ、〝極星の大術師《メイガス・オブ・ポーラスター》〟。お互《たが》い元気そうで何よりじゃねぇか」

†

スウォン・カンデル。

ヴィレムと同様、星神《ヴイジトルス》エルク・ハルクステンを討伐《とうばつ》するため五百年以上昔に結成された勇者様御一行《ごいっこう》の一員だ。

帝都賢人塔《ていとけんじんとう》の秘蔵っ子であり、希代の才能を秘《ひ》めた呪蹟師《ソーマタージスト》。戦場において、地を割り空を裂《さ》くその力は、聖剣《カリヨン》を携えた準勇者《クアシ・ブレイブ》になんら引けをとらなかった。命名や服装のセンスに致命的《ちめいてき》な欠陥《けっかん》を抱《かか》えていたり、同年代の少年たちより少しだけ背が低かったり、ちょっとばかり自分の才能に自信を持ちすぎていたりといった点はあったものの、あとは概《おおむ》ね評判通りの人物であったと言っていいだろう。彼は自身で誇《ほこ》るだけの才能を確かに持ち合わせていたし、それに驕《おご》らず努力を重ねるだけの勤勉さも、周囲の人間の能力を認めるだけの謙虚《けんきょ》さも、ひとつの目的に向けてそれらと力を束ねてみせるだけの協調性も、すべて備えていた。

ヴィレムにとってみれば、間違《まちが》いなく信頼《しんらい》できる――そして心を許せた仲間の一人だ。

もちろんそんなことは本人には言えなかったが。


そして当然、五百年前の戦いで死んだものと思っていた。

しかし、そうでなかったというのなら――しかもこの浮遊大陸群《レグル・エレ》誕生当初からの超重《ちょうじゅう》鎮《ちん》として動いていたというのなら、納得《なっとく》できることも幾《いく》つかある。


以前から、奇妙《きみょう》に思ってはいたのだ。この大陸群にある様々なものが、人間族《エムネトワイト》およびその文化を基準にして作られていることを。

そもそも、地上が滅《ほろ》びたから大勢の種族が天空に逃《のが》れてきましたなどという話から、そのままたくさんの街を建てて栄えましたなどという話にすぐ繋《つな》がることからして自然ではない。地上でばらばらに生きていた種族をただいきなり一所《ひとところ》に集めたならば、すぐに弱肉強食の熾烈《しれつ》な争いが起きて、支配する者とされる者による社会ができあがるはずだ。

加えて、どこの建物をとってみても、かつて人間族《エムネトワイト》が築いていたものに酷似《こくじ》しているというのもおかしい。

かつての地上において、獣人《じゅうじん》たちは木々の上や岩の隙間《すきま》などに住んでいた。豚頭族《オーク》は土を盛り上げて壕《ごう》のようなものを作り住み処《すか》としていた。爬虫種《レプトレイス》の住み処は草を編み上げた天幕《テント》のようなものだったし、球形人《ボールマン》や銀眼種《プリム》などに至っては居住という概念《がいねん》がなかった。

そういう連中を一か所に集めてみたら、みんなそろって行儀《ぎょうぎ》よく、人間《エムネトワイト》のそれによく似た街を建てて、そこに住み始めた。——これまた、自然に起こるようなことではない。

他にも数え上げれば数限りない。食文化、貨幣《かへい》制度、縫製《ほうせい》技術、社会制度、製紙製本技術、などなどなど。例外を探すのが難しいほど、人間《エムネトワイト》以外の者ばかりが生きるこの天空は、人間《エムネトワイト》の生きていた世界とよく似ているのだ。

それらすべての不自然に対して、今なら、簡単に解を示すことができる。

つまり、スウォンの仕業《しわざ》なのだ。

浮遊大陸群《レグル・エレ》の成り立ちにおいて、彼が強烈《きょうれつ》なリーダーシップを発揮してこの天空文明そのものの図面をひいたのだ。

彼は帝国《ていこく》の出身で、また、歴史にも詳《くわ》しかった。そして帝国の歴史は侵略《しんりゃく》と併合《へいごう》の繰《く》り返しであり、異なる文化のもとに生まれた者たちをひとつの場所にまとめるということについて前例と経験の宝庫だった。だから、スウォンなら、ひとつの世界の文化を創り導《つく》くことくらい、やってのけてもおかしくはない。

何せ彼は、自他ともに認める天才だったのだから。

†

「地上で石化していたぁ⁉」

いかつい顔の老人が、すっとんきょうな声をあげる。

「あの時、いくら鼓動《こどう》探知しても全然反応ないから、てっきり死んだものとばかり思ってたんだぞ――」

「いや、だから石化してたから心臓動いてなかったんだって。お前の鼓動探知って、熾《お》きる前の固有魔力《ヴエネノム》を追跡《ついせき》するんだろ？　見つかるわけねぇって」

「――あの日の涙《なみだ》を返せ」

「ん？　泣いてくれてたのか？」

「い、いや、違《ちが》う！　オマエなんかにそんなことするわけないだろ、殺したって死なないって分かってたさ、ああ、そうともさ！」

ムキになって騒《さわ》ぎ立てる、その姿もまったく似合わない。

「そう言うけど、こっちはこっちで大変だったんだぜ。だいたい、石になってから蘇生《そせい》できるなんて話、自分がそうなるまで聞いたこともなかったんだ。もう助かんねぇだろうなって、普通に死んだつもりでいたんだ。あの時は。

ただの石化じゃなかったぶん、治療《ちりょう》費もけっこうかかったしな。何重も呪詛《じゅそ》で縛《しば》られてたのを解くのにかなり時間と金がかかったとか。おかげで目を覚ましてからこっち、ずっと借金生活だ」

「デタラメだ……」

だからオマエは苦手なんだ、とかなんとかぼやきながら天井《てんじょう》を仰《あお》ぐ。

石化したくてしたわけでも、復活したくてしたわけでもない。少々言い返したいことはあったが、こいつの気持ちもわかるので黙《だま》っておく。

「俺のことはさておき、お前のほうはどうなんだよ。

人間《エムネトワイト》は滅びたって聞いたぞ？　いや、そうでなくてもあれからめちゃくちゃ時間が経《た》ってる。だいぶ歳《とし》はとったようだが、お前はなんでまだ生きていられてる？　まさか、他《ほか》の連中もまだ元気だったりするのか？」

「あまり一度にいろいろ聞くなよ、落ち着きのないやつだな。

――まぁ、その質問三つなら、答えのほうはひとつで済むけどさ」

言うと、スウォンは上着をはだけ、自分の胸元《むなもと》を晒《さら》してみせた。

心臓があるはずの場所に、大きな虚《うろ》が開いている。

「お前、それ」

「五百年前の戦いで、僕も殺されたんだよ。

相手は翠釘侯《ジエイドネイル》。星神《ヴイジトルス》の守護につく三柱《みはしら》の地神《ポトー》のひとつだ。

エミッサとの二人がかりで挑んで、二人ともあっさりと殺された。

けれど意識が消えるまえに、アドリブで自分に呪蹟《ソーマタージ》を刻んだんだ。細かい理屈《りくつ》は教えられないけど、自分の生命の形に干渉《かんしよう》して、通常のかたちの死では失われないように変質させた。だから今の僕は、外傷や寿命《じゆみよう》では死なない。

そしてもちろん、今の僕は――もう、人間《エムネトワイト》じゃない」

「そう、か……」

「言っとくけど、憐《あわ》れんだりするなよ。僕は今の自分をけっこう気に入ってるし、オマエに同情されるとか背筋が凍《こお》るからな」

「いや、お前じゃなくて。エミッサがやられたって話のほうにショック受けてた」

「おい」

いやだってお前どう見ても今すげぇ元気そうだし、とはさすがに言わないでおく。

「あの爆発《ばくはつ》あくまが死んだ、か。

もう充分《じゆうぶん》に悲しんだつもりでいたけどよ、改めて聞くとけっこう厳しいもんだな。他の連中も、やっぱり、あの戦いで死んだのか？」

「いや──全員じゃ、なかった。あの時は、リーリァとナヴルテリが勝ち残った」

スウォンは、石になっていた自分のように、時間を超《こ》えて生き延びたのではない。五百年前から、目を開いたまま、動き続けることで今まで生きてきた。ならば、知っているはずだ。自分が物言わぬ石として眠《ねむ》り続けていた間に起きたことのすべてを。

「なぁ──」

他にも、知りたいことは、山のようにあった。尋《たず》ねようとした。

ずっと連絡《れんらく》のとれなかった俺たちの師匠《ししょう》は、どこに行ってたんだ？

王都に進軍してた化け物たちの軍は、あのあとどうなった？

俺たちをずっと支援《しえん》してくれていた姫《ひめ》や国王は、ちゃんと生き延びたのか？

「ひとつだけ教えろ。あの、〈十七種の獣《けもの》〉って連中は何だ？　俺たちが星神《ヴイジトルス》討伐《とうばつ》に出ていた間に、どこで何が起きてあんなもんが湧《わ》いて出た？」

知りたかったことのほとんどを呑《の》みこんで、それだけ尋《たず》ねた。

リーリァの戦いの結果。仲間たちの無事。そんなものを確かめることに意味はない。人類はとうに滅《ほろ》びていて、結果は既《すで》に決まっている。

いま知るべきことは、知る意味があることは、せいぜいそのくらいだ。

「——真界再想聖歌隊《トゥルー・ワールド》を覚えてるか？」

頷《うなず》いた。五百年前当時いくつかあった、帝国《ていこく》の統治に逆らう武装宗教組織のひとつ。王家の要請《ようせい》を受け、勇者リーリァ率いる自分たちが叩《たた》き潰《つぶ》した。

「連中の残党が……帝国はずれの小さな街をアジトにして、生物兵器的なものを研究していたらしい。〈獣〉どもの正体は、連中のその研究の成果だ」

「なるほど。だから人間種《エムネトワイト》が世界を滅ぼした、ってわけか」

直接の下手人は人間の中のごくごく一部でしかないのだが、滅ぼされかけた他の種にとっては同じことだ。そして、とうに滅びた種の名誉《めいよ》など、誰《だれ》も回復しようとはしない。

「……憲兵隊からの報告だと、オマエは今、呪器技官をやっているんだって？」

あまり語りたい話題ではなかったか、スウォンがあからさまに話題を変えてくる。過去の話はまだ少し気にはなったが、逆らわないことにする。

「書類上だけのもんだから、本物の呪器技官には悪いんだがな」

「何言ってんだよ。書類上以外の二位呪器技官なんているかよ」

「は？」

こちらのきょとんとした顔を見て、スウォンは呆《あき》れたように、

「二位技官ってのはな、一位や三位以下とはまるで性質が違うもんなんだよ。

何せ、絶対に進まないとわかっている呪器研究を、それでも一応やってるんですよと内外にアピールするための、架空《かくう》の役職だ。業務内容は『存在すること』ひとつだけで、それ以上は何も望まれない。何せ本業が、進まないのが前提になった研究なんだ。進捗《しんちょく》報告すら時間と紙の無駄《むだ》にしかならないだろ。

生身の誰《だれ》かが二位技官になった前例も、一応ないわけじゃない。ただ、それも政治的にめんどくさい将校を左遷《させん》する時なんかだな。権限も給金も最低限しか与《あた》えずに済むし、究極の閑職《かんしょく》としてそれなりに便利だ……結局、書類上だけの役職に変わりはない」

そこで、はぁぁぁ、と深い息を吐《は》く。

「絶対に進まない研究の代表格が、聖剣《カリヨン》の原理解明だったんだ。つまりオマエは、二位技官の存在理由そのものを揺《ゆ》るがしかねない二位技官なんだよ」

「別にいいじゃねぇか、誰が困るわけでもねぇし。

閑職けっこう、のんびりできて良いもんだ。権限も給金も、今以上のものを求める気はねぇよ」

「――ああもうっ！」

スウォンが机に肘《ひじ》をついて、頭を抱《かか》える。

「どうした？」

「適材適所というべきか、大戦斧《おおいくさおの》で胡桃《くるみ》を割っているというべきか、迷ってる。聖剣《カリヨン》のメンテナンスなんて離《はな》れ業《わざ》はオマエにしかできないし、戦力的にもそれができるに越したことはないし、けれどオマエをそんな場所に飼い殺しておくのは浮遊大陸群《レグル・エレ》全体にとっての大損失なわけで……」

何やらブツブツ言っているが、後半は小声だったので、よく聞き取れなかった。

「ああ、そういやあの憲兵、俺の処遇《しょぐう》をどうするか大賢者に聞くとか言ってたな。悩《なや》んでるところ悪《わり》ぃが、何をどうするか早く決めてくれねぇか。すぐに帰ると、あいつらと約束したんだ」

「帰る？」

スウォンが顔を上げる。

「帰るって、その、妖精《ようせい》倉庫にか？」

「他にねぇだろ。まさか地上の家が残ってるわけでもなし。

確かにまぁ、せっかく会えたんだからもう少し旧交を温める的なアレがあってもいいかとは思うが。幸いお互《たが》いとりあえずは元気なんだ。また後日に改めさせてくれ」

「いや……それは」

口ごもる。

「……その前に、一人、会っていってほしいやつがいる」

「なんだよ、まだ何かあんのか？

ここに来るまでだけで、もう二日経ってんだぞ？　一日も早く帰らないと、うちで腹を空かせてる子供たちがだなぁ」

「あいつも、オマエが生きてると知ったら、会いたがるはずだ。

オマエのほうは――まぁ、二度と会いたくなかったかもしれないけどな。それでも、無視はできないはずだぞ。絶対に」

奇妙《きみょう》な口ぶりだった。

「何だそりゃ。俺の知り合いか？　それもお前と共通のってことは、やっぱ昔の？」

スウォンは答えない。

「もったいぶんなよ。誰だよそれ。俺は普通《ふつう》の人間《エムネトワイト》なんだ、何百年も超えて生きられそうな知り合いなんざ、お前の他には一人もいやしねぇ――」

ぴたり、と言葉を止めた。

かつての世界で会った誰か。スウォンと自分が共に知る相手。時を超えて不死の存在。

ひとつだけ、思い当たる存在がいることに気づいた。

「——おい、まさか」

「話の続きは、道中でやろう」

一方的に言い放つと、スウォンは立ち上がる。

「待てよ、俺はまだ行くとは言ってない」

「なら、行かないとでも、言うつもりか？」

ぐ、と言葉に詰《つ》まる。

その反応を答えだと受け取ったのだろう。スウォンは部屋の扉《とびら》を乱暴に開け放つと、そこで静かに控《ひか》えていた女官に向けて大声で告げる。

「2番浮遊島へ向かう。今すぐ飛空艇《てい》を準備しろ！

……あ、いや、怯《おび》えんでいい。お前に落ち度はない。声を張り上げたのは儂が悪かった。扉も静かに開けねばならんかったな。だからそこまで縮こまらなくてもよいのだ」

†

2番浮遊島。

通称《つうしょう》『世界樹の髄《ずい》』。

真上から浮遊大陸群《レグル・エレ》を見れば、ほぼ中央に位置する。

となれば、当然、交易の要所となりそうなものだ。しかし、現在機能している浮遊島間飛空艇航路には、一切《いっさい》この島を訪《おとず》れるものが含《ふく》まれていない。

理由は三つある。

ひとつは、この島にはいかなる種族の集落も存在せず、交易上の利用価値がまったくないこと。もうひとつは、ほかのどの大陸よりもはるか高空を飛んでいるうえ周囲が常に乱雲に包まれているため、まともな艇《ふね》では近づくことすらできないこと。

そして最後のひとつは、そこが聖域であることだ。

根本的な話として、万物《ばんぶつ》は常に下に向けて落ちるものである。にも拘《かか》わらず、百を超える数の浮遊島は空にある。浮遊大陸群《レグル・エレ》という世界の前提であるこの不可思議の秘密は、その2番浮遊島にあるとされている。だから、みだりにそこに立ち入り聖性を侵《おか》すことは、そのまま浮遊大陸群《レグル・エレ》を墜《お》としかねないとして禁忌《きんき》になっているのだ。

それでも時折は、「信仰《しんこう》という欺瞞《ぎまん》に覆《おお》われた真実を俺が暴《あば》いてやる！」などとそれっぽい言葉を掲《かか》げたサルベージャー崩《くず》れが無謀《むぼう》にも昇《のぼ》ってくる。彼らのほとんどは島を取り巻く乱雲と、突然《とつぜん》発生する乱気流やら雷雲《らいうん》やらに道を阻《はば》まれ、目的の島をひと目見ることすら叶《かな》わずに、ぼろぼろになって元の島へと帰還《きかん》することになる。

たまにその雲の向こう側を見たと言い張るサルベージャーが現れることもある。傷だらけの彼らが言うことは、それはほかの浮遊島のような空飛ぶ自然岩ではなく磨《みが》き抜かれた黒水晶《くろずいしょう》の塊《かたまり》だっただとか、その表面には無数の植物が自生していたが季節がめちゃくちゃであり、春の花と秋の花が同時に咲《さ》き乱れていただとか、ほとんど支離滅裂《しりめつれつ》な妄想《もうそう》のようなものばかりである。当然、そんな与太《よた》話を鵜呑《うの》みにする者はほとんどおらず、2番浮遊島という神秘は未知のヴェールに包まれたまま、今日も蒼空《あおぞら》の彼方《かなた》を飛び続けているのである。

「…………でっかい黒水晶の塊、いや、植木鉢《うえきばち》?」

「ああ」

スウォンは無造作にうなずいた。

「正確にはあれ自体が巨大《きょだい》な護符《タリスマン》みたいなものらしいんだけどな、詳《くわ》しい仕組みは知らない。あそこまででかいと、いちいち解析《かいせき》する気も起こらないしな」

「なんか、あの植木鉢の中、めちゃくちゃ色んな樹《き》が生えてんぞ」

「ああ。小型の気象制御《せいぎょ》結界でこの島を覆って、内側だけで四季を完結させているらしい。周りの雷雲はその副産物だな。何のためにそうしているのかは僕もよく知らない。より大型の結界を制御するための類感モデルだとかなんとか言ってたけど」

「お前、意外と何も知らないのな大賢者《だいけんじゃ》」

さすがにその言いぐさにはかちんときたのか、スウォンが眉《まゆ》の間の皺《しわ》を深くする。

「賢者っていうのはな、知るべきことを知っているやつのことを言うんだよ。何でもかんでも知ってるべきなんてのは、それこそ何も分かってないやつの言葉だ」

「うお、虫が飛んでるぞ、虫が。季節感めっちゃくちゃなやつらがすげぇ一杯《いっぱい》！」

「聞けよ人の話を！」

2番浮遊島は、浮遊島としては、かなり小さい。どうやら港湾《こうわん》区画にあたる場所もないらしい。アンカーアームを打ち込む場所がないんじゃどうやって接舷《せつげん》するんだよとも思ったが、大賢者の用意した小型飛空艇は平坦《へいたん》な広場に難なく直接着地してみせた。

「すげぇな、これ。一台くれよ、買い出しに便利そうだ」

妖精倉庫から港湾区画までには、ちょっとした距離《きょり》がある。よその浮遊島まで買い出しに行くときなどにはそれなりに不便なのだ。

「無茶言うな。値段のつくものですらないんだぞ」

「そりゃ残念だ」

島に降り立つ。

大して大きな島ではない、とはいえ、実際にそこに立ってみればそれなりに広い。ぐるりと辺りを見回してみたが、季節感の混乱したわけのわからない植生が視界いっぱいに広がっているというのは、かなり気持ちの悪い光景だ。

「何だ、こりゃ。林檎《りんご》と桃《もも》が並んで生ってやがる」

「腹が減ってるなら食べてもいいぞ。毒はない」

「いや、さすがにそれもちょっとな……」

何か怪《あや》しい肥料でも使っているんじゃないかと考えてしまう。口に入れるどころか、触《ふ》れることもためらわれる。

「それで？　目的地はあれか？」

島の中央方向に、おそらくこの島の底部と同じ素材なのであろう、黒水晶の塔《とう》のようなものが建っている。今の場所から見る限り、それがこの島の唯一《ゆいいつ》の建造物であるように見えた。

「色も黒いし、棘《とげ》が生えてるし、いかにも悪の神殿《しんでん》って感じにそれっぽい」

「正解だ。……長い付き合いだけど、あいつのあのセンスだけは理解できない」

「お前が言うのもどうかと思うがな」

けけけ、と笑う。

「五百年経《た》っても、その白マント好きは治らなかったんだろ？」

「病気みたいに言うな。これはポリシーであり僕の魂《たましい》そのものだ、千年経ったって捨てたりするものか」

ふん、と鼻を鳴らす。

そのやりとりの懐《なつ》かしさに、少しだけ泣きたくなった。二度と会えなくなっていたはずの仲間と、二度とできるはずのなかったやりとりをしている。ただそれだけで、今のこの時間が、どうしようもなく心地《ここち》良い。

「なぁ」

「何だよ」

「ありがとな」

「……どうしてそこで感謝されなきゃいけないんだか、理解できない」

「そういう気分だっただけだ、気にするな」

スウォンは大賢者だが、大賢者が即《すなわ》ちスウォンだというわけではない。彼には彼の五百年の人生があって、その間に新しいものを得て、自分自身を変えてきたはずだ。一人称《いちにんしょう》や口調だって、いつまでも少年時代のものと同じであるはずがないのだ。

だというのに、今スウォンは、昔のスウォンと同じように振《ふ》る舞《ま》い、話してくれている。なぜか。おそらくは、ヴィレムに付き合ってくれているのだ。

仲間を、同胞《どうほう》を、故郷を、その他あらゆるすべてのものを失う——その辛《つら》さを、スウォンはずっと昔に一度経験している。そして、今ヴィレムがその状態にあるのだということを知っている。だから、少しでも追想の助けになるようにと、過去の自分の口調をわざわざ追いかけてくれている。たぶん、そういうことだ。

「何にやにやしてるんだよ、気色悪いな」

……単に童心に返っているだけという可能性も、なくもないかもしれない。一度は感謝を口にした手前、そうだとはあまり思いたくないけれど。


塔には、誰《だれ》もいなかった。

重たい両開きの扉を押し開き、やたらと雰囲気《ふんいき》を出す螺旋《らせん》階段を上って、実にそれっぽい感じの玉座の間に入ってみたが、そこは完全な無人だった。

「どういうことだよ？」

「珍《めずら》しいことじゃない。今日はいい天気だし、たぶん散歩中だな」

「はぁ？」

「ほら、この島は見ての通り、草木のほかには何もないだろ？　暇《ひま》なときにできることがほとんどないってんで、天気がいいときにはたいてい外をほっつき歩いてるんだ、あいつは」

　言いながらスウォンは窓辺に近寄り、

「ほら、案の定だ」

　視線で眼下を示す。

　侍女《じじょ》服姿の娘《むすめ》が一人、大きな荷台をがらごろと押しているのが見える。

「……あの子がどうしたって？」

　無人の島じゃなかったんだな、などとぼんやり考えながら、その娘を観察する。角度がつきすぎているから顔は見えないが、頭頂部に三角形の耳が飛び出ているところをみると、獣人《じゅうじん》……たぶん猫徴族《アイラントロポス》あたりだろうか。重たそうな荷台を押しているというのに姿勢がまったく崩れていないあたりからは、荷運びに関して相当に熟練しているのだろうと感じさせられた。

「そっちじゃない。あっちだ、あっち」

　スウォンがちょいちょいと指先で示すさきに視線を向けると、そこにあるのは、娘の押している荷台——の上に載った、一抱《ひとかか》えほどの大きさのある、真っ黒な何か。

漬物石《つけもの》だろうか、と思った。けれど、どこか違《ちが》う。何が、と言われるとすぐには答えにくいが、質感というか重量感というか、そういった感じのものが——

「おおい、そこの粗大《そだい》ゴミ！　邪魔《じゃま》しているぞ！」

雷鳴《らいめい》のような大声で、スウォンが眼下に呼びかけた。

『——おお、貴様か大賢者！　丁度良い、暇を持て余していたところだ！』

黒い何かが、動いた。

それは、頭蓋骨《ずがいこつ》だった。少なくとも、その形をしていた。

真っ黒で、大人の一抱えほどの大きさがあって、誰が触れることもなく勝手に動いて頭上であるこちらを見上げて、しかも低い老人の声でしゃべってみせたが、そういったもろもろのことに目をつぶりさえすれば、それは間違《まちが》いなく、頭蓋骨だった。

つまりは、まぁ、うん。

それは、少なくとも、ただの頭蓋骨ではなかった。

『前の遊戯《ゆうぎ》では、決着がつけられなかったからな。今日こそは白と黒をはっきりさせてもらうこととするぞ！』

頭の痛いことに、ヴィレムはその声に聞き覚えがあった。

ほんの二年ほど前――といってもそれはヴィレムだけにとっての話で、世間ではその何百倍の時間が経ってはいるが――に、その声の主と、間違いなく会っている。そしてその時のことは、おそらくは今後もずっと忘れられないであろう、強烈《きようれつ》な記憶《きおく》としてヴィレムの中に刻み込まれている。

「済まぬが、今日は興じに来たのでも、貴様の無聊《ぶりよう》を慰《なぐさ》めに来たのでもない！　貴様に会わせたい者がいるのだ、黒燭公《イーボンキャンドル》よ！」

塔の上と下、二人の老人が険悪な――それでいて親しげな大声を交《か》わし合う。

『なに……客人がいるというのか？　莫迦《ばか》者が、それを早く云《い》わぬか！』

「伝えようにも、席を外していたのは貴様であろう！　文句があるのならば、通信晶石《しようせき》のひとつも置いておけ！　そうすれば来訪の前に一報を入れるくらいはしてやる！」

『巫山戯《ふざけ》るな、結界陣《じん》の内外で通信が成立せぬことはお主も理解しておろうが！』

「その程度の問題であれば、貴様で何とでもしてみせんか！　永劫《えいごう》を生きる神の一柱《ひとはしら》であれば、その程度の叡智《えいち》は蓄《たくわ》えていても良かろうが！」

『ええい、たかだか五百年を生きた程度で、ずいぶんと口が大きくなったものだな！　そこで待っていろ、すぐに盤上《ばんじよう》で叩《たた》きのめしてやる！』

「だから今日は別の用事で来たと言っているであろうが！」

『おお、そうであったな！　カイヤ、済まぬが急いでくれ！』

名を呼ばれた侍女服の娘は小さく頷《うなず》くと、荷車を押しながら走り出した。がらがらがらと派手な音が黒水晶《くろずいしょう》の塔の正面に回り、螺旋階段を駆《か》け上がってくる。

「——ところでスウォン」

こめかみを強く指先で押さえながら、ヴィレムは呻《うめ》く。

「俺は今、悪い夢を見ているんだよな？」

「気持ちはわかるけど、現実を見ろよ。何だったら、頬《ほお》を張ってやってもいいぜ？」

ぐぐっ、と、スウォンはヴィレムの目の前で拳《こぶし》を固めてみせる。

「遠慮《えんりょ》しておく。今のお前に殴《なぐ》られたら、目を覚ます前に首から上が吹《ふ》き飛びそうだ」

「なんだ、つまらないな」

がらがらがらと、騒々《そうぞう》しい音がどんどん玉座の間へと近づいてくる。

『ふ、ふふわはははは！』

ぶわっ、と、玉座のほうから強い風が吹いたように感じた。

それは、呪脈視《じゅみゃくし》などせずとも肌《はだ》で感じられてしまうほどの、圧倒《あっとう》的な魔力《ヴエネノム》の圧力。そんなものを発することができる存在を、ヴィレムはひとつしか知らない。そして、ひとつだけ知っている。

『久しいな、ヒトの勇者《ブレイブ》よ！　星霜《せいそう》を超《こ》え、まさか再び会い見《まみ》える時が来ようとは、巡《めぐ》りとは実に奇遇《きぐう》なものよ！』

それは、三柱の地神《ボトー》のひとつ。人類の敵たる星神『エルク・ハルクステン』を守護し、それを討《う》たんとしていた勇者一行の前に立ちはだかっていた、最強にして最後の障壁《しょうへき》だったモノ。

『しかし悲しきかな、我らは所詮《しょせん》、相争うが運命《さだめ》の存在！　奇跡《きせき》の与《あた》えてくれたこの再会は、されど血に染まる道を避《さ》けられぬのだ！』

それを表す異名は多い。

いわく、死に微睡《まどろ》む者。

いわく、世界を織り重ねる者。

いわく、広大なる大地の父権者。

いわく、光の園《その》に闇《やみ》を灯《とも》す者——すなわち黒燭《イーボンキャンドル》公。

かつての戦いにおいて、他《ほか》ならない準勇者《クアシ・ブレイブ》ヴィレム・クメシュが自らの命と引き換《か》えに打倒《だとう》した宿敵。しかし彼は、死に際《ぎわ》に自ら語っていた通りに、長い眠《ねむ》りの時を超えてこの世界に蘇《よみがえ》っていたのだ——

「──いや、そういうの、別にいらねぇから」

呆《あき》れ顔になって、ヴィレムはぱたぱたと手を振った。

『む、そうか。つまらぬな』

あっさりと、頭蓋骨──黒燭公《イーボンキャンドル》は魔力《ヴエネノム》を収めた。玉座の間全体に満ちていた威圧《いあつ》的な気配が、瞬時《しゅんじ》にしぼんで消えてしまう。

『積もる恨《うら》みもあるだろうと思い、応《こた》えるつもりで演出してみたのだがな』

「気遣《きづか》いの方向性が致命《ちめい》的におかしいんだよ、お前は」

『ふむ？　恨みがないとでも云うのか？』

「あったとしても、再戦なんてめんどくせぇことするかよ。

前に俺が戦ったのは後ろに守るものがあって、お前がそいつを害するモノだったからだ。

今はそうじゃない。だったら戦う必要はない。違うか？」

『命を投げ出してまで戦い抜《ぬ》いておきながら、怨恨《えんこん》のひとつも残さぬか……思いのほか、淡泊《たんぱく》な男だったのだな』

「別に、そんなつもりはねぇよ。

だいたい、もし戦う理由があったとしてもだ。何なんだよ、お前のその格好は。俺が昔戦った黒燭公《イーボンキャンドル》には、皮も肉もあったし首から下もきちんと生えてたぞ？　それがなんで、首だけで荷車に乗っかって日光浴してんだよ！」

『何を云っている。我が肉体を焼き尽《つ》くしたのは貴様自身であろうが』

「いやそりゃ確かにそうだけどよ！　百年寝《ね》たら起きるとか言ってただろうが！　そんなこと言われたら完全復活すると思うだろうが普通《ふつう》！　なんでこんな半端《はんぱ》なんだよ！」

『だから貴様の仕業《しわざ》だと云っている。あまりに徹底《てってい》的に破壊《はかい》されていたせいか、百年では肉体の再生が間に合わなかった。目覚めた瞬間《しゅんかん》の我の驚《おどろ》きが分かるか？　見ての通り涙腺《るいせん》のひとつもないというのに泣きたくなったのだぞ？』

「知るかよそんなもん！」

『しかも、それからも力を使い続けねばならん状況《じょうきょう》が続いて、回復どころではなかった。おかげで見ての通り、四百年ほどの長きにわたって、生き恥《はじ》を晒《さら》しておる』

そんなことを言いながら、玉座の上の黒い頭蓋骨が、器用にふんぞり返っている。

その姿を果たして生き恥と呼んでいいものかどうか、疑問は残らないでもなかったが、そんなことはどうでもいい。

「――なぁ、もういいだろ。

スウォン。挨拶《あいさつ》をさせるために俺をここまで連れてきたわけじゃないんだろ？　そろそろ本題に入らせろ」

『本題だと？』

「ああ」

二人の視線を浴びて、スウォンは頷く。

「コイツは人格・性格・性分・性根《しょうね》から心根に至るまで腐《くさ》りきった嫌《いや》な奴《やつ》だが、能力は一流で信がおける。例の計画に組み込むに足る、いや、欠かせないと言っていい人材だ」

『ほう……』

「おいこらスウォンてめえ、さりげなく何言ってやがる」

「地上を取り戻《もど》したくはないか、ヴィレム」

「そんなあからさまに話題変えて逃《に》げようったってそうは――地上？」

聞き捨てならない言葉が聞こえた。

「地上はもう滅びてるし、〈獣《けもの》〉が闊歩《かっぽ》する危険地帯なんだろ？　何をする気だ？」

「こちらから攻《せ》め込む。……といってももちろん、一度にすべてを取り戻すには地上は広大すぎる。まずはこの浮遊大陸群《レグル・エレ》に最も近い神峰《しんぽう》フィスティラスの山頂を攻め取り、反撃《はんげき》の拠点《きょてん》とする。

必要なのは〈獣〉と戦う手段。そして、戦い続ける手段だ。これまで僕たちは、どうしても後者に欠けていた。しかしオマエが来てくれた今、その問題は解決に大きく近づく。不調になったり不安定になった聖剣《カリヨン》を再び戦場に投入できるようになる。これはとても大きな前進なんだ」

「ほぉ」

相槌《あいづち》を打ちつつ、小さく頷く。

「それはまた、ずいぶんと大きな計画だ」

「だろう？　もちろん超《ちょう》長期計画になるし、浮遊大陸群《レグル・エレ》の全都市の総力を束ねて挑《いど》まなければいけなくなる。危険も大きいし、すぐに結果が出るわけでもない。けれど、最終的な勝算は、十分《じゅうぶん》以上にある」

話しながら、スウォンの口調は少しずつ、興奮に昂《たかぶ》っていく。

「妖精はいくらでも生産される、だから聖剣の数だけが問題だったんだ」

「――――ほぉ？」

また相槌を打ちつつ、小さく頷く。

自分の失言に気づいたのだろう、スウォンの顔色が変わる。

「あ、いや。今のはその、何というか……」

「取り繕《つくろ》わなくてもいいぜ、スウォン。薄々《うすうす》気づいてはいた。黒燭公《イーボンキャンドル》は俺との戦いで死霊術《ネクロマンシー》を使ってみせた。百年で生きかえるなんて芸当だって、どうせその延長上だろう。そしてお前が生き延びた時に刻んだ呪蹟《ソーマタージ》ってのも、死霊術《ネクロマンシー》の系列のはずだ。

そんな二人が、浮遊大陸群《レグル・エレ》を守護している。この時点で、だいたいのところのアタリはついてた」

ヴィレムが以前調べたところによれば、そもそも妖精《フェアリー》とは、自分の死を理解できない幼い子供の魂《たましい》がこの世界に迷い出たもの。本来なら鬼火《おにび》だとか小人だとかの姿で自然発生するはずの、不安定で曖昧《あいまい》な存在だ。そしてどうやら、こいつらを人工的に造りだし使役《しえき》するという技《わざ》が死霊術《ネクロマンシー》にはあるらしい。

そして。ヴィレムの知る黄金妖精《レプラカーン》たちは、鬼火でも小人でもない。

不安定なのかもしれない。曖昧なのかもしれない。けれど、まるで人間《エムネトワイト》の少女たちであるかのような体と心を確かに持っている。希望を、恐怖《きょうふ》を、愛情を、憧憬《しょうけい》を、執着《しゅうちゃく》を、絶望を、間違《まちが》いなくその心の内に抱《かか》えている。そして、その上で、彼女たちは浮遊大陸群《レグル・エレ》を守るために、命を投げ出して戦っている。

「ここまでネタが揃《そろ》えば、誰《だれ》だって理解するさ」

そう。そして、確信に近いレベルで、推測ができる。

ヴィレムは、泣きたくなるような、それでいて笑い出したくなるような、自分でも把握《はあく》のできない奇妙《きみよう》な感情に突《つ》き動かされるまま、導かれた結論を言葉にする。

「お前たちが――黄金妖精《レプラカーン》たちを発生させてる張本人なんだろ？」

3. あれから、また時は流れて

二階の廊下《ろうか》の奥の方で、最近、雨が漏《も》るのだという。

実際に見に行ったところ、なるほど、どうやらちょっとした大工仕事が必要そうだとわかる。本格的な修理は後日に街から業者を呼ぶ必要があるとして、応急修理だけすることにしたらしい。手元に木の板と釘があることを確認して――

「――なぁ、木槌《きづち》がどこにあるかわかるか？」

ヴィレムが振《ふ》り返った。

（一階の物置部屋。前にも使ったでしょ、もう忘れたの？）

クトリは腰《こし》に手をあてて、呆れたように答える。

（まったく、忘れっぽいっていうかもの覚えが悪いっていうか……）

口先だけは不満げに、その実少しだけ楽しげに文句を言う。が、その文句が最後まで声になる前に、異常に気づいた。

ヴィレムの目が、自分を見ていない。

（何見てるの？）

振り返った。が、そこにはいつも通りの廊下があるだけ。誰もいないし、何もない。

「クトリ、どこ行った？」

不思議な言葉を聞いた。

きょろきょろと周囲を見回しながら、ヴィレムがおかしなことを言っている。

（どういう冗談《じょうだん》？　わたしなら、ちゃんとここにいるじゃない）

先ほどよりも強い口調で文句を言ったが、ヴィレムは「つかしいな、傍《そば》にいるような気がしてたんだが」などと首をひねるばかりで、まったくこちらを見ようとしない。

（ちょっと、いい加減にして――）

手を伸《の》ばした、つもりだった。

伸ばせなかった。

伸ばそうとした手が、そもそもどこにもなかった。

自分の身体《からだ》を見下ろそうとして、そんなものはどこにもないことに気づいた。

「クトリ？　おい、どこに隠《かく》れた？」

ヴィレムが歩き始めた。

妖精《ようせい》倉庫のあちらこちらを、見えなくなった少女の姿を探してさまよう。見つからない。倉庫を出て、島中を探し回る。見つからない。目についた者を片端《かたはし》から捕《つか》まえて、クトリ・ノタ・セニオリスの行方《ゆくえ》を尋《たず》ねる。答えはない。

（ねえ、どこに行くの）

（どこ探してるの）

（わたしはここにいるよ）

（あなたのそばに、ちゃんといるんだよ）

（ねえ）

（ねえってば）

（気づいてよ）

いくら話しかけようとしても、声にならない。声にならない言葉は、誰にも届かない。

やがてヴィレムは歩き疲《つか》れ、途方《とほう》にくれて立ち尽くす。

その肩《かた》を、誰かがぽんと叩《たた》く。

「もう、受け入れなさいな」

寂《さみ》しげな微笑《ほほえ》みを浮《う》かべたナイグラートが、穏《おだ》やかに、そんなことを言う。

「あの子たちは、もう死んだの」


——がばり、と毛布を撥《は》ねのけて飛び起きた。

心臓の動悸《どうき》が止まらない。暴れまわるばくばくを手のひらで押さえつけて、深呼吸を繰《く》り返す。少しだけ落ち着いてきたところで、身体がぶるりと震《ふる》える。冬の朝の冷気が、寝《ね》間着《まき》の上から体温を容赦《ようしゃ》なく奪《うば》っていく。

ベッドを降りて、毛布を拾い上げて、丸めてからぎゅうと強く抱《だ》きしめて、

「夢、か」

クトリは、呟《つぶや》いた。

「夢、だよね」

顔を上げて、窓の方を見る。

冬の夜明けは遅《おそ》い。カーテンの向こうは、まだ夜の闇《やみ》に包まれたままだ。

身体がだるい。もう一度毛布にくるまって、横になりたい。

けれど、そうする気にはなれなかった。

あんな夢の続きをみるかもしれないと思うと、目を閉じることができなかった。

†

——15番浮遊島での戦いが終わって。
クトリたちが妖精倉庫に帰還《きかん》して。
それから、さらに二日が経《た》っている。

ヴィレムは、まだ、帰ってきていない。

†

明け方に怒涛《どとう》の勢いで降り出した雨は、昼になる少し前に、嘘《うそ》のように止《や》んだ。
すこんと晴れ上がった蒼空《あおぞら》の下、弾《はじ》けるホウセンカのような勢いで、小さな少女たちがグラウンドに飛び出していく。白いボールが大きくぽーんと弾《はず》み、見る間に泥《どろ》だらけになっていく。楽しそうにそれを追いかける少女たちもまた、あっという間に全身が泥にまみれていく。

読書室の片隅《かたすみ》で、ネフレンが眠《ねむ》っていた。

机の上に組み重ねた腕《うで》を枕《まくら》にして、穏やかな顔で、すやすやと寝息《ねいき》をたてている。

「あーもう、珍《めずら》しいっすねぇレンが本を投げ出すとか」

子をあやすような声で言いながら、アイセアが机の下から本を拾いあげる。

「この子の場合、魔力《まりょく》の熾《おこ》しすぎっていうより、ふつうに体がくたびれてるだけみたいっすね。まだ成体になってそんなに経験ない子っすから、体力のほうがついてってない」

それであんな長期戦を乗り切ったんだから、ほんとよくがんばったもんっすよ——など
と呟きながら、ネフレンの額の髪《かみ》を軽く撫《な》でる。

「……そういうきみは大丈夫《だいじょうぶ》なの、アイセア?」

「あたし? あたしはそりゃ、鼻血が出そうなくらいに大丈夫っすよ。こうみえて、のらりくらりと長生きすることにかけてだけは自信あるんす」

ふふん、と薄《うす》い胸を張る。

疑わしいもんだ、とクトリは思う。

この黄金《こがね》色の妖精は、いつもいつも、本気だか冗談だか分からないような口調で大切な

ことを言う。そのせいで、その口から大切なことが語られても、信じていいものかどうか判断に迷ってしまう。

「そういうクトリこそ、どうなんすか」

けろっとした口調で、尋ね返された。

「わたし？　わたしは、そりゃあ……」

問題ないに決まってるでしょ、と答えかけた。

そう答えたかった。

できなかった。言葉の軽さとうらはらに、アイセアの視線は、クトリの瞳《ひとみ》を刺《さ》し貫《つらぬ》こうとするかのように鋭《するど》かった。

「……さすがにほんのちょっとだけ、きついかな。しばらく出撃《しゅつげき》は遠慮《えんりょ》したい感じ」

力なく微笑み、肩をすくめた。

「本格的にやばいようなら、昨日の今日っすけどまた11番島に行かせてくれって申請《しんせい》してくるっすか？　いまのクトリは重要な戦力っすからたぶん受理されるし、あの医者に状《じょ》況《きょう》を話せば、気休めのアドバイスくらいはくれるかもしれないっすよ？」

「大丈夫だって。ちょっときついってだけなんだから」

ぱたぱたと手を振ってみせる。

「アドバイスはきみがしてくれるやつだけで充分《じゆうぶん》。信頼《しんらい》してるんだからね、先輩」

「……そう言ってくれるのは、嬉《うれ》しいんすけどねえ」

アイセアは癖《くせ》の強い髪をわしゃわしゃと掻《か》きむしる。

「それにさ、いまわたしがここから離《はな》れて、彼と入れちがいになったりしたら最悪じゃない。一日でも早く会いたいんだから、『先に帰ってろ』って言われた倉庫《うち》でちゃんと待ってるのが正解なの」

「はあ……完全に恋《こい》する乙女《おとめ》っすねえ」

「うん、そうよ？」

「もう、隠しもごまかしもしないっすか」

「だってあの人、こっちの気持ちを知ってても逃《に》げ回るんだもの。隠しながら健気《けなげ》にアプローチ、みたいなやり方じゃ絶対に最後まで捕まえらんない。

だから、もうこの際、何も隠さずに正面突破《とっぱ》でいくしか手はないと思うのよね。飄々《ひょうひょう》として見えるけど、その実、自分のペースを崩《くず》されたら意外と脆《もろ》い人だと思うのよ、うん」

「あー、確かに」

「だから、彼が帰ってきたらすぐに、押して押して押しまくるつもりでいるわけ。その時には当然きみにも協力してもらうから、覚悟《かくご》しといてよね？」

「おーけー、任せておくっす」

アイセアが親指を立てる。クトリも親指を立て返す。

今の自分の言葉に、嘘はない。

彼が帰ってきたらすぐに、押して押して押しまくるつもりでいる。

そう。彼が帰ってきたならば。


──もともと、ここに彼はいなかったのだ。

だから、彼がいない今のこの形が、妖精倉庫の本来あるべき姿なのだ。


「もう、帰ってこないかもしれないわよね」

少し気が弱くなった瞬間《しゅんかん》に、そんなことを、思ったりもする。

「だって、あんなとぼけた顔して、めっちゃくちゃ希少な人材だもの。

これまでこんな場所にいたことのほうがおかしかったくらい。本来浮遊大陸群《レグル・エレ》をあげて出迎《でむか》えて、ふさわしい地位につけちゃって、失われた叡智《えいち》とかそういうのを乞《こ》わなきゃいけない相手でしょ。

だからきっと、このまま帰ってこないのが正しいのよ、彼は」

みんなの前でそう言うと、様々な反応が帰ってきた。

ティアットたちは、口々に「そんなの許さない！」「さびしいのは、いやです」「技官を倒《たお》すのはこのわたしだから」「えいちって何？」などと騒《さわ》いだ。話の内容を理解しているのやらいないのやら。

ナイグラートは、「もうちょっと素直《すなお》なままでいてもいいのよ？」などと諭《さと》すようなことを言ってきた。るっさい、そんなのわかってる。

ネフレンは、わずかに目を伏《ふ》せるだけで、それ以上は何もリアクションを見せなかった。まぁ、この子らしいといえばこの子らしい。

そしてアイセアは、意地の悪い笑顔《えがお》で、「もし本当にそうなったら、クトリはどうするんすか？」と質問を返してきた。

もし、彼がこのまま帰ってこなかったならば、自分はどうするのか。

考えてみたが、これといった答えは思い浮かばなかった。

「どうもしないんじゃないかなぁ」

曖昧《あいまい》な顔でそんなふうに答えたら、アイセアは、わざとらしいくらいに深く長いため息を吐《つ》いてみせた。

――もともと、ここに彼はいなかったのだから。

だから、彼の隣《となり》にいられない今のこの生活が、本来自分が過ごすべき日常なのだ。


「とりゃあぁっ！」

鋭くも可愛《かわい》らしい気合いの声を聞いて、反射的に身をかわした。背後から飛びかかってきたパニバルとコロンが、標的を捉《とら》えられず、そのまま廊下《ろうか》にべしゃりと落下する。

「……なにやってんの、きみたち」

呆《あき》れ声で二人を助け起こす。

遅《おく》れて走り寄ってきたティアットが、「だから言ったのに」と、二人の赤く腫《は》れた鼻を軽く指先ではじく。ふぎゃ、と小さな悲鳴がふたつあがる。

「あんたたちじゃ、先輩に敵《かな》うわけないじゃない。十年早いわよ」

ふふん、となぜかティアットが自慢《じまん》げに胸を張る。

「でも、びれむがいないからって練習しないでいると、すぐ技《わざ》がにぶる」

コロンが涙《なみだ》目になりながら抗議《こうぎ》して、

「何の技よ、何の」

「世界をせいするための技！」

ぐっとパニバルが拳《こぶし》を固く握《にぎ》る。

「どこの世界よ、どこの」

ティアットが呆れ、その隣でラキシュが「ごめんなさいごめんなさい」と、可哀想《かわいそう》なほど恐縮《きょうしゅく》して頭をぺこぺこ下げていた。

「……そういえば、ティアット」

「あ、はい。何でしょう先輩」

「きみ、成体としての適性は確認《かくにん》されたんでしょ？　もう遺跡兵装《ダグウエポン》との相性《あいしょう》確認は済ませたの？」

「あー、それがまだなんです。相棒探しはヴィレムが戻《もど》ってからにしましょ、ってナイグラートさんに言われちゃって」

「……そう」

くしゃり、と少女の髪をかき交ぜる。

「せ、先輩？」

「いい剣《けん》に当たるといいね」

優《やさ》しくそう言って、手を離す。

「どうしたんですか、先輩。ちょっと、顔色悪いですよ？」

「そう？　まだ疲《つか》れ、とれてないのかな」

曖昧に笑って、後輩《こうはい》の視線から逃げた。

†

自室に戻ってすぐ、後ろ手に閉めた扉《とびら》に背をもたれる。

そのまま、ずるずると、尻《しり》を床《ゆか》にまで落とす。

頭を落として、膝《ひざ》ごと両腕《りょううで》で抱《だ》きしめる。

「あの、嘘吐《うそつ》き……」

自分以外の誰《だれ》にも聞こえないように、小声でつぶやく。

「わたしはちゃんと、約束、守ったぞ。

なのに、なんで、きみは守ってくんないのよ……」

ややあってから顔を上げ、立ち上がる。

木戸とカーテンの両方を閉め切った部屋は、まるで夜のように暗い。それでも勝手をよく知る自分の部屋だ、乏《とぼ》しい光を頼《たよ》りにクトリは机に伏せてあった鏡を手に取る。

「…………」

鏡の向こう側に広がる闇《やみ》の、その中に。

赤い目をした誰かが、立っている。


『ひらべったい蜘蛛《くも》』


「誰なのよ、きみ」

震《ふる》える声で、鏡の向こう側に、問いかけた。

そこにあるのは、自分のよく知る顔、のはずだった。毎朝顔を洗うたびに目にしてきた顔、のはずだった。笑顔も泣き顔も怒《おこ》り顔もそれ以外も、飽《あ》きるくらいにいつも見てきたそれであるはずだった。

なのに。なぜ。

鏡の向こう側、そいつはなぜ、きょとんとした目でこちらを見ているのか。

自分はなぜ、その顔を見て、自分の知らない誰かだと思ってしまうのか。

それが自分の知らない誰かだというなら、鏡のこちら側、自分が直接見ることのできない場所にあるのは、誰の顔なのか。

『食べかけのクッキー』『ちびた蠟燭《ろうそく》と焦《こ》げた封筒《ふうとう》』『鋼《はがね》の鳥と虹色《にじいろ》の鏃《やじり》』

うるさい。

うるさいうるさいうるさい。

どうして思い出してしまう。どうしてあふれ出してくる。

もう戦いはとっくに終わっている。あれから一度も、魔力《まりょく》なんて熾《おこ》していない。だったら大丈夫《だいじょうぶ》なんじゃなかったのか。節度を守っていれば、日常生活に支障は出ないんじゃなかったのか。アイセアがそう言っていたのは、嘘だったのか。

違《ちが》う。

悪いのは、自分自身。

戦いの中で、覚悟という言葉のもと、大切なものを投げ出した。自分が自分でいられる残り時間のほとんどを、15番浮遊島の破壊《はかい》という奇跡《きせき》に引き換《か》えて売り渡《わた》した。

後悔《こうかい》はしていない。いや、しちゃいけないと思う。浮遊大陸群《レグル・エレ》が滅《ほろ》びる寸前の状況《じょうきょう》だったのだ。もともと使い捨て前提だった妖精《ようせい》兵一人の寿命《じゅみょう》が少々減ったところで、安い買い物だったはずなのだから。

悔《く》やむべきは、その後に、ヴィレムの前で見栄《みえ》を張ってしまったことだろうか。心配してほしくなかったから。出発前の、純粋《じゅんすい》に自分たちの未来をことを想《おも》ってくれていたヴィレムのところに帰ってきたかったから。だから、前世の侵食《しんしょく》のことを完全に黙《だま》って、アイセアとネフレンにも口止めして、そして気づけばこのありさまだ。

せめて、この場所であの人に、ただいまくらいは言いたかった。

それと。

「食べたかったなぁ……バターケーキ……」

泣きたい気持ちで、そう呟《つぶや》いた。

鏡の中の少女が、同じ言葉を呟くように、唇《くちびる》を動かした。

その頰《ほお》を、一滴《ひとしずく》だけの涙が、伝い落ちた。

『割れる世界』『星々の間を泳ぐ魚』『おとうさん』『黄色いぬいぐるみ』『蒼空《あおぞら》の瞳《ひとみ》をした知らない女の子』『ぐにょぐにょした樹《き》』『鳴き声が終わらない黒猫《くろねこ》』『紙包みの中の石ころ』『眩《まぶ》しいくらいの曇《くも》り空』『鏡の向こう側の世界』『それから』『それから』

鏡が手の中から滑《すべ》り落ちる。

床の上で砕《くだ》けて、破片《はへん》が散らばる。

どさり、と、少女はその場に倒れ伏す。

4．その戦いが終わったら

「お前たちが――黄金妖精《レプラカーン》たちを発生させてる張本人なんだろ？」

二人は、一切《いっさい》否定せずにこの推測を認めた。

「といっても、一人一人を発生させて回っているわけじゃない。

彼女たちが、人間族《エムネトワイト》に近い体格と人格をもって自然発生するように、素材となる巨大な魂《たましい》に秘蹟《ひせき》を施《ほどこ》しただけだ」

スウォンは硬《かた》い顔になり、軋《きし》るような声で説明する。

『それと、魂が地上に墜《お》ちることもないよう、浮遊大陸群《レグル・エレ》を包む箱庭結界に手を加えもしたな。さて、この話を聞いて、お主はどう振《ふ》る舞《ま》う？』

一方の黒燭公《イーボンキャンドル》は、少なくとも表情ひとつ変えた様子もなかった（むろん、ただの黒い頭蓋骨《ずがいこつ》にそんなものがあればの話だが）。声にもこれといった変化はなく、むしろヴィレムの反応を観察しているような節すらある。

ヴィレムは無言で、スウォンの胸倉《むなぐら》をつかみ上げた。

逆の手で固めた拳《こぶし》を振《ふ》り上げて、スウォンの横顔に狙《ねら》いを定めて。

——そのまま過ごすこと数秒。

「お前らをブン殴《なぐ》って……それでどうにかなる話でもねぇんだよな」

妖精《ようせい》というシステム自体を責めても仕方がない。浮遊大陸群《レグル・エレ》を守るために聖剣《カリヨン》の力が必要で、聖剣《カリヨン》の力を使うためには人間《エムネトワイト》の勇者《ブレイブ》が必要で、そいつがどこにもいないから代用品となる黄金妖精《レプラカーン》を発生させた。ここまでの流れは、どこで断《た》ち切ったとしても即《すなわ》ち浮遊大陸群《レグル・エレ》の崩壊《ほうかい》に直結する。

代案が何ひとつ存在しない以上、それは最善手にして唯一《ゆいいつ》解なのだ。

倫理《りんり》も人道も、そこには入り込む余地がない。

彼女たちの戦いは、誰の悪意の上にあるものでもない。

だいたい、ヴィレム自身、自分が戦うことができないからと、クトリたちの背中を戦場へと押しやった側にいるのだ。そのことにどれだけ腹を立てていても、納得《なっとく》できずにいても、スウォンたちを責めることはできない。

「——だが、それも防衛線に限っての話だ。

勇者《ブレイブ》の戦いは、人々と、そいつらが大切にしている街を守るためのものだと決まってる。

領土拡張のための遠征《えんせい》なんてものはお門違《かどちが》いもいいところだ。しなくてもいい戦いに、あいつらを遣《つか》い棄《す》てるな」

うめくように言いながら、つかみ上げていたスウォンを解放する。

「しなくてもいい戦いなんかじゃない。いつかは必要な戦いだ。オマエもわかってるだろう？　浮遊大陸群《レグル・エレ》は永遠なんかじゃない。これまでの五百年をなんとかしのいではきたけれど、次の百年が保証されているわけじゃない。僕らは、いつかは地上に帰らないといけないんだ」

「それは、俺と、お前らだけの話だろ」

「――どういうことだよ？」

「五百年前の世界、地上があんな風になってないころの時代を見たことのあるやつは限られてる。そうでない連中にとって、地上なんてものは、生まれた時から彼方《かなた》の世界のはずだ。夢と冒険《ぼうけん》の宝島ではあっても、それ以上のものじゃありゃしねぇ。やつらの大切な故郷は、いま自分たちが住むこの空の上の、自分の住む島の、自分の住む都市だ。それ以外のどこでもない」

そうだろ、と同意を求める。

「それ……でも、悔《くや》しく、ないのかよ！　帰りたくないのかよ！

僕だって、ここで五百年生きてきてる！　地上に暮らしていた時間よりもずっと長くだ！　この空は間違《まちが》いなく、僕の第二の故郷だ！　けれど、それでも！　第一の故郷は、帝都《ていと》なんだよ！　オマエだってそうだろ⁉　いや、この空に来たばかりのオマエは、僕なんかよりもよほどその思いが強いはずじゃないか！　忘れられるはずが、ないじゃないか！」

「現在の浮遊大陸群《レグル・エレ》の総力を傾《かたむ》け、地上を取り戻《もど》せたとして」

激昂《げきこう》するスウォンに対し、どこまでも静かに、ヴィレムは答える。

「そこに、誰がいる？　おかえりを言ってくれる家族の一人でも、待ってるのか？」

「それ、は……」

口ごもる。

一度、何かを言おうと口を開きかけて、しかし、すぐに閉じる。

『告げぬのか？』

「いや」

大きく頭《かぶり》を振《ふ》ってから——表情を、引き締《し》める。

「それがオマエの意思なのだな、ヴィレム・クメシュ」

声が、変わっていた。

ヴィレムの旧友であるスウォン・カンデルは、既《すで》にそこにいなかった。代わりにそこに立っていたのは、五百年の齢《よわい》を重《かさ》ね、浮遊大陸群《レグル・エレ》の未来を背負った大賢者《だいけんじゃ》だった。ふわふわだった金髪《きんぱつ》の色は褪《あ》せ、林檎《りんご》のようだった肌《はだ》は皺《しわ》だらけに枯《か》れ果て、人形のように小柄《こがら》だった体は見上げるような巨漢《きよかん》に育ち、そして、

——未来を嘱望《しょくぼう》されていたかつての天才児は、今、過去を取り戻すことに現在と未来をすべて懸《か》けようとしている。

「悪《わり》ぃな、大賢者」

寂《さび》しさに歪《ゆが》みそうになる顔を、無理矢理、ひきつった笑顔《えがお》で上書きする。

「俺、もう、世界の遠い未来のために戦うとかそういうの、無理みてぇだわ」

「……オマエはもう少し、勇者《ブレイブ》に近い男だと思っていたよ」

「俺もだ」

頷《うなず》く。

かつてヴィレムが志し、そして準勇者《クアシ・ブレイブ》の称号《しょうごう》までは手にしたものの、ついにその先へは行きつけなかった境地。

才能のせいだと、思っていた。

境遇《きょうぐう》のせいだとも、思っていた。

けれど、もしかしたら、違っていたのかもしれない。もっと致命的《ちめいてき》な欠落が、自分の中の深いところに、隠《かく》れていたのかもしれない。

「俺もそう思ってた。俺は勇者《ブレイブ》になれると本気で信じてた。けれどそうじゃなかった。だから、今、ここでこうして生き恥《はじ》を晒《さら》してんだよ」

『ふむ。我からもひとつ、尋《たず》ねさせてもらおうか』

横から、頭蓋骨が尋ねてくる。

玉座の上を器用に転がると、クッションの敷《し》いてある荷台の上に落ちる。何も言わずとも、傍《そば》に控《ひか》えていた侍女《じじょ》が荷台を押して、ヴィレムたちのすぐ傍まで運んでくる。

『先ほど、我が挑発《ちょうはつ》した際に、お主は云ったな。戦う理由がない。仮にあったとしても、なぜ天を衝《つ》く偉丈夫《いじょうふ》であった黒燭公《イーボンキャンドル》が、このような愛嬌《あいきょう》と威厳《いげん》を兼《か》ね備えながらも謙《けん》虚《きょ》な姿へと堕《お》ちてしまったのかと』

言った覚えがまったくねぇよ。少なくとも後半は。

『巧妙《こうみょう》に話を逸《そ》らしてみせたようだが、さすがに我のみが真実を明かすのでは、公平さに欠けるというものではないか？

戦う理由が仮にあったとしても、そう出来ない理由が、他《ほか》にもあったのだろう？』

「何？」

大賢者が、軽く片眉《まゆ》を上げる。

「そうだな」

ヴィレムは鷹揚《おうよう》にうなずき、

「さすがにどこぞの頭蓋骨ほどじゃねぇが、俺の体もこいつとの戦いからほとんど回復してねぇ。石化こそ解けたし呪詛《じゅそ》も解けた、けどまぁ全身に細かく残った傷のせいで、ぐちゃぐちゃのボロ雑巾《ぞうきん》状態らしい。

知り合いの喰人鬼《トロール》には『包丁で叩《たた》かなくても歯でスジ肉をすんなり嚙《か》み切れそう』なんて言われたかな」

『なるほど。こと肉に関する見立てにおいて、喰人鬼《トロール》という種族の目はこの上なく信頼《しんらい》できる。つまり今のお主は、かつてのような戦う力は持ち合わせていない。仮に戦いたくとも、戦うことはできん。

だから――仮にここで、我らが、力ずくでお主を従えようとしたならば、抗《あらが》う手段はない。そうではないか？』

「あー、なるほど、そういう話になるのか」

ぽりぽりと頭を掻《か》く。

「そいつは正直、勘弁《かんべん》してほしい。月並みな言い方になるが、俺の帰りを待ってるやつらがいんだよ」

『さすがに、命が惜《お》しいか？』

「いや、お前ら二人をブチのめした後の足がない」

肩《かた》をすくめる。

「飛空艇《てい》の飛ばしかたとか知らねぇんだよ、俺は」

『……まともな思考とは思えんな。懐《なつ》かしいぞ、お主はあの時と寸毫《すんごう》も変わらぬようだ』

なぜか嬉《うれ》しそうに言って、頭蓋骨はぐるりと回転し、大賢者に向き直る。

『大賢者。ひとまずは、諦《あきら》めよ。この者の意思は固い。

いや……どうやら、動かぬ意思こそが、この者の本質だ。こやつは目的をひとつしか己《おのれ》の中に抱《かか》えておれん。そしてその間、その目的に直接関《かか》わらぬすべてのものに、かけらも価値を見出《みいだ》しておらん。だから折れぬ。止まらぬ。無理を貫《つらぬ》き通す。

こやつがあの妖精《ようせい》どもを守るべきものとして一度定めたのであれば、今のこやつにとってそれがすべてだ。他のありとあらゆるものを犠牲《ぎせい》にしてでも守り抜《ぬ》くであろうよ。我はもはや、あの無体な禁呪の乱打を二度と受けたくはない』

いや、それはねぇんだがな。

禁呪というものは、そうそう手軽に扱《あつか》えるものではないのだ。あの時に使った禁呪のほとんどは既に発動条件を満たしていない。まだ使えそうなものがないわけではないが、それをすれば代償《だいしょう》として自分は死ぬか、最高に運が良くてもまた石化するかの最期《さいご》を迎《むか》える。どちらにしたところで、妖精倉庫《うち》へは帰れない。

……と、いちいち素直《すなお》に説明はしないでおこう。何やら過大評価をしてくれているようだから、そのまま誤解し続けていてもらったほうがよさそうだ。

「しかし」

『どうしてもと云うのならば、すべてを語ればよい。お主が先ほど伏《ふ》せ隠した地上の事実、ひとつふたつも晒せばこの男の態度も変わろう』

「それは！」

慌《あわ》てた顔で、大賢者が声を大きくする。

「……地上の、事実？」

その一方で、ヴィレムは眉をひそめ、この聞き逃《のが》せない言葉に食いついた。

「何だ、何か隠しごとしてたのか？」

「……オマエには、関係のないことだ」

「んな分かりやすい嘘《うそ》吐《つ》くなよ。今のこいつの口ぶりじゃ、俺が意見を変えるくらいのネタだって話みたいじゃねぇか。なぁ？」

『我は何も語らぬ』

「だとさ。どうなんだ、大賢者」

「儂《わし》も何も語らんよ。これはこの世界の未来に関わる話であるからな。未来を憂《うれ》う者にしか告げられぬこともある」

てめぇこの野郎《やろう》、さっきの意趣返《いしゅがえ》しか上等じゃねぇか。

かちんときたヴィレムが言い募《つの》ろうとしたところに、

――螺旋《らせん》階段を上る足音が、近づいてくる。

『今日はまた、ずいぶんと客の多いことだ』

呆《あき》れるように黒燭公《イーボンキャンドル》がつぶやき、その場の視線が扉《とびら》へと向かう。果たしてそこから姿を現したのは、

「失礼します」

あの、兎徴人《ハレサントロポス》の一位武官だった。

「ここは聖域だ。みだりに近づくなと言い置いていたはずであろう!」

轟《とどろ》くような低い声で、大賢者が叱責《しっせき》する。兎徴人《ハレサントロポス》は小さく頷き、「お叱《しか》りを覚悟《かくご》で急ぎ報告するべきことが起きました」と一礼する。

「――何だ」

先とは一転し、落ち着いた声で大賢者が先を促《うなが》す。

兎徴人《ハレサントロポス》はちらりとヴィレムの方を見てから、大賢者の耳元に口を寄せて、何事かを報告する。

「……それが、急ぎ聖域に押しかけてまで報告すべきことだと、判断したのだな？」

「はい」

大賢者の奇妙《きみよう》な質問に、真顔で頷く。

「分かった。この男には、儂から告げる」

ゆっくりと首を横に振ると、大賢者はヴィレムに向かい一歩近づく。

「……何だよ、改まって。俺に関係することか？」

「その通りだ、ヴィレム・クメシュ第二位呪器技官」

厳《おごそ》かに、大賢者は告げる。

「オルランドリ商会の協力者から、連絡《れんらく》があった。

遺跡兵装《ダグウエポン》セニオリスの適合者が、前世の侵食《しんしよく》によって人格破壊《はかい》されたそうだ。肉体の消失はまだ始まっていないが、おそらくは時間の問題だろう」

†

蒼白《そうはく》になったヴィレムが、武官の艇《ふね》に飛び乗って、聖域を出ていった。

残された二人は、重い沈黙《ちんもく》をまとったまま、青年の去った雲海の彼方《かなた》を見つめる。

『なぜ、すべてを語ろうとしないのだ？』

沈黙を破り、黒燭公《イーボンキャンドル》が問いかける。

『地上に何が在るか、在り続けているか、知れば奴《やつ》の答えも違《ちが》っていたろうに』

「だろうな」

苦味を堪《こら》えるような顔で、大賢者が答える。

「だが、その結果として、間違《まちが》いなくやつは心を壊《こわ》すだろうよ。あのような、信念ひとつでどこまでも戦い抜《ぬ》くような手合いは、逆に、心が砕《くだ》けては何もできん。錆《さ》びただけの鉾《ほこ》なら使い道もあろうが、穂先《ほさき》が砕けてしまってはそれもない」

『そのようなものは、伝え方次第《しだい》だ。情報操作で人を操るのは得意であろうが？』

「そうだな。やつは単純な男だ、今の儂ならば楽に操ることができるだろう、が」

軽く肩《かた》をすくめる。

「笑え。これはただの感傷だ。かつてはこっそり心の中で兄とも慕《した》った相手だ、どうやら儂はあの男に嘘を吐きたくないらしい」

『その気遣《きづか》い、無駄《むだ》にならねば良いがな』

黒燭公《イーボンキャンドル》は、肺もないくせに、ため息めいたものを吐き出す。

『一度壊れた妖精は二度と還《かえ》らん。あの男、下手《へた》をすれば、すぐにでも壊れ朽《く》ちるぞ』

5. 約束の行方《ゆくえ》

どこをどうやって帰ってきたものやら、まったく記憶《きおく》にない。

2番浮遊島《ふゆう》からは、あの憲兵の艇《ふね》に運ばれて68番浮遊島まで帰ってきた、はずだ。補給のための停泊《ていはく》や偽竜浮石《ぎりゅうふせき》を回避《かいひ》するための針路調整などを除けばほとんど最短距離《きょり》を最短時間で駆《か》け抜けてきた、はずだ。

そして、それでも、どれだけ急いでも、当たり前のこととして。

ヴィレムは、間に合わなかった。

ベッドの上に、蒼《あお》い髪《かみ》の少女が横になっている。

静かに眠《ねむ》っている、ように見える。今にも目を開き、動き出しそうに見える。

けれど、そうはならないのだ。

彼女は二度と、目を覚ましはしないのだ。


「その子は、約束、守ったっすよ」

戸口に立つアイセアが、静かな声で教えてくれた。

「ちゃんと、生きて帰ってきたんす。

とても生き残れるはずのない戦場から、技官に会いたい——甘えたい一心だけで、ほんのちょっとだけの寿命《じゅみょう》を残して戻《もど》ってきたんすよ」

「アイセア」

その隣《となり》に立つネフレンが、静かに首を横に振《ふ》る。

「ヴィレムを責めちゃ駄目《だめ》。クトリのことを教えなかったのは、私たち」

「そうっすよ。だから責めるつもりはないっす。けど」

「……そうだ。責められるべきは、約束を守らなかったのは、俺だ」

ぽつり、ヴィレムは呟《つぶや》く。

「こいつは、俺の言ったことを守った。なのに、俺はこいつを迎えなかった。

これは、ただそれだけの話だ」

†

妖精兵士にとって、死は日常の傍《かたわ》らにあるものだ。

彼女たちは、自分たちの命の価値の薄《うす》さを自覚している。だから、仲間から失われる者が出てきたところで、さほど深く悲しむことはない。そんなことをして心を摩耗《まもう》させたりはしない。そういう理由で、兵器としての性能を損《そこ》ねることはない。

「あのあの、みんな、ナイグラートさんどこ行ったか知らない？」

きょろきょろと辺りを窺《うかが》いながら、ラキシュが遊戯《ゆうぎ》室に入ってくる。

「みてない。何かようだったのか」

青いくまのぬいぐるみに関節技《わざ》を極《き》めながら、コロンが尋《たず》ね返す。

「うん、週末の買い出しをどうするかってお話、相談したかったんだけど。もうすぐ吹雪《ふぶき》のくる季節だし、ちょっと多めに買い溜《た》めておかないといけないよねって」

「おう、腹がへってては、いくさはできない！」

「……ナイグラートなら、きっと、山の中」

カーペットの上、白いボールを壁《かべ》に蹴《け》りながら、パニバルが答える。

「誰《だれ》かが帰ってこないと、いつも、あそこにいく。今回も、きっと同じ」

「あ……そっか」

ラキシュは納得《なっとく》する。

「探しに行くか？」

問われて、少し考えてから、「やめとく」と首を横に振る。

「いなくなったってことは、いまは、わたしたちに顔を見せられないってことだよね。無理に会いに行ったりしたら、きっと、食べられちゃうよ」

「ありうる」

コロンが重々しくうなずいて、

「妥当《だとう》な判断」

パニバルが素直にうなずいて、

「……ティアット？」

なかなか会話に参加しないもう一人の名前をラキシュは呼んだ。

「え？　あ、なに？　ごめん聞いてなかった」

カーペットの上に五体を投げ出して、ぼんやりと天井《てんじょう》を眺《なが》めていたティアットが、慌てたように上半身を起こす。

「どうしたのティアット、なんだか最近、上の空みたいだけど」

「んあ」

ティアットにその自覚はある。だから、答える言葉を探して、一瞬《いっしゅん》答えに詰《つ》まる。

「……よくわかんない。なんだろ、頭の中がぽっかりしてる」

「クトリ先輩《せんぱい》が壊《こわ》れちゃったから？」

言われて――ちくり、とティアットの胸が痛んだ。けれど、その痛みの理由がよくわからなかったので、気のせいだろうと思うことにする。

「なのかなぁ。よくわかんない」

首をかしげて、ラキシュの問いをやりすごした。

†

ゆっくりと、少しずつ、時が経《た》つ。

一日。また一日。さらに一日、と。

刻み進むようにして、時は流れ去っていく。

†

どれだけ目を凝《こ》らしても、クトリの内を流れる魔力《まりよく》は穏《おだ》やかで、何の異常も見えない。

呪脈《じゆみやく》視《し》を使った代償《だいしよう》である頭痛をこらえながら、ヴィレムはクトリの手をとった。白く、小さく、冷たい。その指の付け根の近く、手のひらの内側にあるポイントをいくつか、ゆっくりと優《やさ》しく押しほぐしていく。

「——昔、ひどい急性魔力中毒で気を失って、そのまま目を覚まさなかったやつがいたんだ。そいつの目を覚まさせたのが、この術式だな。刺激《しげき》の少ないやり方で、少しずつ、確実に、体の末端《まつたん》から流れを正していったんだ——」

こんなことをしても無駄《むだ》だと、分かっていた。

かつての仲間が命を拾った時とは違《ちが》い、クトリの体の魔力に異常はない。つまり、治すべき個所《かしよ》など存在しない。こいつの異常の原因は、そんなところにはない。

どれだけ外から手を尽《つ》くしても、何ひとつとして、良い方向へは進まない。

けれど、そうせずにはいられなかった。もしかしたらほんのわずかでも効果があるかもしれない。そんな、可能性とも呼べないかすかな希望に縋《すが》った。何もできなかった自分自身から目をそらすために、とにかく、何かをせずにはいられなかった。

おかえりを言ってやれなかった。

ただいまを聞いてやれなかった。

そういった後悔《こうかい》の蓄積《ちくせき》が、今からでも何か償《つぐな》える手段があるのではないかという幻想《げんそう》にヴィレムを縋りつかせた。

「ヴィレム」

背後から声をかけられて、振り返った。

「よう……なんだか久しぶりだな、ナイグラート」

「そうね。ごめんなさい、しばらくここを空けていたわ。

ここで誰かが死ぬとね、心が壊れそうになるの。悲しんでいる自分がおかしいんだって思って、でも思いたくなくて、頭がぐるぐるしちゃって。

だからちょっと、島の奥地のほうに入って、樹《き》とか熊《くま》とかに八つ当たりしてきたの」

それはまた、樹や熊にとっては気の毒な話だ。

「へんな話よね。一度こうなると、食欲《しょくよく》もなくなっちゃうのよ？　目の前に、こんなに柔《やわ》らかくておいしそうなお肉が転がってるっていうのに――」

「そりゃあ喰人鬼《トロール》失格だな」

「そうね。今からでも別の何かになれるかしら？」

エプロンドレス姿の喰人鬼《トロール》は、力なく笑う。

「もう、一人で泣くのも怒《おこ》るのも喚《わめ》くのも、全部疲《つか》れちゃった」

そう呟《つぶや》くナイグラートの横顔には、本人の言う通り、疲労《ひろう》の色が濃《こ》い。

「ひどい話よね。いま、私、少しだけ嬉《うれ》しいの。あなたがこの子のことで泣いてくれていて。もう、一人きりじゃないんだとか考えちゃってるの」

「本当にひでぇ話だが、俺も似たようなもんだ」

ここにナイグラートが現れたことで、少し救われた気になっていた。そう、白状する。

「――いくつか、真面目《まじめ》な話があるの。部屋を変えたいのだけど、ついてきてもらえるかしら？」

「ここでできない話なのか？」

「私には、ちょっと無理。それにきっと、あなたにも辛《つら》いことになると思うけど」

ああ、なるほど。そういう話をしようというのか。

「逃《に》げちゃ、駄目か？」

「そうしたいなら、止めないわよ」

ああ、畜生《ちくしょう》。そんなことを言われたら、逃げるわけにはいかなくなる。

ナイグラートの部屋は、暗かった。

その時になって初めて、ヴィレムはいくつかのことに気がついた。どうやら今が夜であるらしいこと。そして、外では雨が降っているらしいということ。

「ごめんなさい、油の残っているランプがこれしかないみたい」

小さな、読書用のオイルランプを机の上に置く。

ぼんやりとした光が、部屋の中を淡《あわ》く照らし出す。

「何かお酒でも飲む？」

「珍《めずら》しいな、この部屋で紅茶以外が出てくるのは」

「火がないんだもの、しょうがないじゃない。それに……」

酔《よ》ってでもしまったほうが楽に話せる、と。そう、言葉にはせずに語った。

嘆息《たんそく》ひとつでその微妙《びみょう》な空気を吹《ふ》き飛ばし、ヴィレムは尋ねる。

「――話ってのは？」

「ええ」ナイグラートは言いにくそうに少しだけ言葉を切って、「ティアットにどの剣《けん》が適合するのか、テストをする話なんだけど」

「ああ……」

曖昧《あいまい》に頷く。

「セニオリスか」

「よく分かったわね」

「あの剣が使える状態になっているかどうかで、戦力に大きな差が出る。普通《ふつう》に考えれば、一人が駄目になったら次の一人を探すって話になるだろうさ。

……普通になんて考えたかねぇし……何の疑問もなくそう考えられちまった自分に、反吐《へど》が出そうだがな」

「吐く時には背中くらいは撫《な》でてあげる。気持ちは一緒《いっしょ》だから。

でも、慣れることも考えないといけないのは忘れないで。こういうことはこれが最初じゃないし、これが最後でもない」

「そしてそのたびに、熊が冬眠《とうみん》を邪魔《じゃま》されるわけだ」

「失礼ね。ちゃんと仕留めた分は持ち帰って煮込《にこ》み鍋《なべ》にしてるわよ」

まったく反論にはなっていないが、当人にとっては重要なことらしい。

「まあ——戦力のどうこうって理屈《りくつ》は分かるが、セニオリスは臍《へそ》の捩《ねじ》れ曲がり切った剣だ。こっちの都合にあわせて、はいどうぞと次に適合してくれるとは思えねぇぞ?」

「どういうこと？」

「そもそもあれは、極位の古聖剣だ。他《ほか》の剣とは格が違う。この格ってのは、ほとんどそのまま、適合者選びの際の我《わ》が儘《まま》の度合いに通じる。

セニオリスは、自分を振《ふ》るわせる相手を、厳しく選ぶんだ」

「あなたの腕前《うでまえ》とかで、何とかならない？」

「なるわきゃねぇだろ。できるようなら、俺が自分で使ってたさ」

苦笑《くしょう》して、ヴィレムは昔のことを思い返す。

「——俺が初めてセニオリスを見た時には、師匠《ししょう》が使っていたんだけどな。その時の戦いについては、実はほとんど覚えてない。というか、ほとんど見えていなかった。そのくらい、師匠とセニオリスは強かったんだ——」

ゆっくりと、語りだす。

薄暗《うすぐら》い、闇《やみ》に閉ざされた部屋の中で。

少女の死を受け入れるために。

その次の一歩に、繋《つな》げるために。

これから始まる、クトリの欠けた毎日を、生きていくために。

『遥か遠い夢、そして』

-eternal dreamer-

気がついた時、少女は暗い廃墟《はいきょ》の中に立っていた。

目の前には、小さな子供の死体が転がっている。死因は胸元《むなもと》に大きく開いた刀傷。流れ出る赤い血が、子供自身の全身を、暗く濁《にご》った赤に染め上げていた。

ぼんやりとそれを見下ろしていたら、不意に子供の輪郭《りんかく》がぼやけ、まるで古い衣服を脱《ぬ》ぎ捨てるようにして、半透明《はんとうめい》の子供自身がその場に立ち上がった。死体は変わらずその場に伏《ふ》したままだが、それとは別に、半ば透《す》き通った姿の子供が、目の前に立ってこちらを見ている。

あー。

子供が、手を差しのべてきた。

握《にぎ》れってことかな。そう思った少女は、子供の片手を自分の両手で包み込むように握りしめた。

子供が笑った。

少女も、釣《つ》られるように笑った。

子供に手を引かれるまま、少女は、あちこちを走り回った。

廃墟はずいぶんと広いもので、ちょっとやそっとの探検で探《さぐ》り尽《つ》くせるものとは思えなかった。角のひとつを曲がるたび、壊《こわ》れた扉《とびら》のひとつを踏《ふ》み越《こ》えるたびに、新しい何かがそこに転がっているのが見えた。それは奇妙《きみょう》なかたちのぬいぐるみであったり、ぼろぼろになってもう中身の読めない絵本であったり、どう扱《あつか》えばいいのかはよくわからないがおそらく記録晶石《しょうせき》のようなものであろう水晶塊《すいしょうかい》であったりした。

面白《おもしろ》そうなものはいくつか見当たったが、子供はそれらのすべてを無視し、とにかく廃墟の中を先へ先へと走り回った。

もしかして何かを探しているのかな、と少女は思った。

そう尋《たず》ねたら、子供は力強く頷《うなず》いた。

『じぇい！　いーぼ！』

なんだかよくわからないけれど、楽しそうで嬉《うれ》しそうだったので、きっとこの子が大好きな何かなのだろうと思った。

それはここの廃墟にあるのかと尋ねたら、首をかしげられた。

質問が難しすぎたのだろうか。そう思って、別のことを尋ねることにした。そう、もしかしたら最初に尋ねるべきだったかもしれないことを。

きみの名前は、何というの？

『えるく！』

そう、よろしく、えるく。可愛《かわい》い名前だね。

お世辞成分二割くらいでそう言うと、今度は子供が少女を指さして、首をかしげてきた。

もしかして、名前を聞いてるの？

こくこく、と子供は首を縦に振る。

えるくの言うことはもっともだ。人に名前を尋ねた以上、自分も名前を告げるべき。これはとても道理にかなった考え方であるように思えた。

わたしの名前は。

わたしの、名前、は――

あれ、どういうことだろう。少女は戸惑《とまど》う。思い出せない。自分の名前だけではない。自分が何者なのか。どうしてここにいるのか。そもそもここはどこなのか。

えるくが、首をかしげる。

わたしは――たしか――そうだ、たしか、やらないといけないことがあったのだ。会わないといけない誰《だれ》かがいたのだ。少なくとも、こんな場所をさまよっている場合ではないはずなのだ。

だから……だから……

『……？』

えるくが、みたび首をかしげる。

自分は帰らなければいけない、と少女は告げた。帰りを待つ者がいるから、自分の在るべき場所へ往《い》かなければならないのだと。

『どうしても？』

どうしても。

『つらいこと、いっぱいあるのに？』

わかってる。けど、そんなの関係ない。

会いたい人がいるの。生きのびなきゃいけない理由があるの。

『そっか』

えるくは寂《さび》しそうに目を伏《ふ》せると、考え込むように少し沈黙《ちんもく》してから、少女の手を離《はな》した。

『わかった。またね、くとり』

——え？

†

「——あれ？」

クトリは目を覚ました。

ゆっくりと、体を起こした。眠《ねむ》りすぎた後のような倦怠《けんたい》感が、全身を包み込んでいる。

軽い頭痛に、こめかみを押さえる。

何か、長い夢をみていたような気がする。内容はよく思い出せないけれど、とても……というより、とてつもなく懐《なつ》かしくて、恐《おそ》ろしい。そんな感じの夢だ。

いや、そんなことよりも先に確認《かくにん》するべきことがある。

ぺたぺたと全身を触《さわ》る。この、大人を名乗るにはもうちょっと起伏《きふく》が欲しくなる感じ。間違《まちが》いなく、クトリ・ノタ・セニオリスの体そのものだ。

「ちゃんと、生きてる——？」

頭の中は妙《みょう》にすっきりしていて、あの奇妙極《きわ》まりないイメージの奔流《ほんりゅう》はどこにも気配すら感じられない。どういうことだろう、と少し混乱する。

ぐきゅるるる、とあまり上品ではない音。

死にそうなくらいにおなかがすいていることに、気がついた。

厨房《ちゆうぼう》へ行って何かつまみぐいしよう。

そう思って廊下《ろうか》に出たところで、気がついた。今はどうやら夜で、しかも外は雨が降っている。そのせいで、この倉庫全体が静かな闇《やみ》に包まれていて——

部屋のひとつから、淡《あわ》い灯《あか》りが漏《も》れて見えた。

ナイグラートの部屋だった。

「…………」

思わず足音を忍《しの》ばせて、扉に近づいた。

「クトリは、幸せにしてやりたかった」

ひゃいっ!?

聞き逃《のが》せない一言が聞こえて、心臓が口から飛び出しかけた。

「そうでなくても、セニオリスの周りには、悲劇だの不幸だのが多すぎた。昔、その流れをどうにかしたいと思ってた時期があった。けれど、どうにもならなかった。俺の力なんてものは、いつだって小さすぎて、何の役にも立たなかった。がむしゃらに頑張《がんば》って、戦う力だけはそれなりに手に入ったけれど、それ以上は何も残らなかった。

「——そう思い知ってたはずなんだがな。結局、あいつのことは放っておけなかった」

え、え、え。

このひとたち、この部屋で、何を話してるの。

「まったくあいつも、こんなどうしようもないやつのどこが、あんなに気に入ったっていうんだか」

心底不思議そうに、ヴィレムの声が言う。

なあに、そんな簡単なこともわからないの？　クトリは少し意地の悪い気持ちになる。

きみはね、わたしに、いろいろな初めてを見せてくれたひと。

ブリキ露店《ろてん》街で、初めて助けてくれた。見晴らしのいい高台まで、初めて連れていってくれた。いろんな表情を初めて見せてくれた。いろんな感情を初めて引き出してくれた。

初めて頼《たよ》らせてくれたひとだし、初めて助けようとしてくれたひとだし、初めて助けてくれたひとだし、初めて負けた相手だし、ああもう、数えていたらきりがない。

だから、もちろん。

初めて好きになった相手がきみなのは、当たり前のことなのだと。

「——そんくらい気づけ、ばぁか」

ぽつり、微笑《ほほえ》みながらつぶやいたところで、

「ああああああっ!?」

突然《とつぜん》の大声を聞いた。

顔をはねあげてそちらを見れば、驚愕《きょうがく》の表情のティアットがこちらをまっすぐに指さしている。

「せ、せせせせんぱい、おば、おばけ!?」

ぱくぱくと口を開け閉めしながら、目を回しかけている。

違《ちが》うちゃんと生きてるおばけじゃないだから静かにしてヴィレムたちに聞こえちゃう、などという叫《さけ》びはもちろん声になんてできないわけで、クトリはとにかくわたわたと手を振《ふ》りまわすがティアットはまったく止まらなくて、

「せんぱいいぃぃぃ！」

抱《だ》き着いてきた。

「おば、おばけ、だけど、せんぱ、せんぱい！」

なにやらめちゃくちゃなことを言いながら、両腕《りょううで》でクトリの腰《こし》をがっちりと捕《つか》まえる。

逃《に》げられそうにない。いや、別にこの子から逃げたいわけではないのだけれど、やっぱり後ろの部屋にいる二人には気づかれたくないから静かにはしてほしくて、

……なんてことをやっているうちに、

「――クト、リ……?」

呆然《ぼうぜん》としたつぶやきを、背後に聞いてしまった。

ゆっくりと、ばつの悪い思いをしながら、振り返る。

そこにはもちろん、彼が立っている。

「え、ええと……」

ヴィレムは言葉を失い、その場に棒立ちになっている。

悲しんでいるのか、喜んでいるのか、怒っているのか、そのどれでもないのか。色々な感情がぐちゃぐちゃに入り混じった、初めて見る表情。それがすべて自分がゆえなのだということを思い、クトリもまた、言葉を失い立ち尽《つ》くす。

「……まったくもう」

混乱する四人の中で、最初に立ち直ったのは、どうやらナイグラートのようだった。

傍《かたわ》らのヴィレムの脇腹《わきばら》を肘《ひじ》で軽くつつくと、

「ほら。気のきいた言葉とか探さなくていいから、まず最初に一言だけ、あるでしょ?」

「あ……ああ、そうか」

ようやくヴィレムは我に返ると、クトリに向かって一歩だけ踏み出して、

「おかえり、クトリ」

その瞬間《しゅんかん》、クトリの全身が、仕事を放棄《ほうき》した。

目もとが潤《うる》んで何も見えなくなり、胸が締《し》め付けられ息が止まり、足がすくんで歩けなくなり、頭が真っ白になって何も考えられなくなり、喉《のど》が震《ふる》えて声が出なくなった。

「あ……ぅあ……」

——ただいま、帰りました。

ただそれだけの言葉が、どうしても音にならない。

ずっと言いたかったのに。ずっと準備していたはずなのに。

また会えたら、全力で好意をアピールすると決めていたはずなのに。本人を前にして、何もできずにいる。

足元がもつれた……のだと思う。

混乱しっぱなしの五感をよそに、平衡感覚《へいこうかんかく》だけが、ちょっとだけいい仕事をした。一《いっ》瞬《しゅん》の浮遊感《ふゆうかん》。このままじゃ転んでしまうと思った次の瞬間、クトリの全身は、何か温かいものに抱《だ》き留《と》められていた。

「本当に、おかえり」

温かいものが、よりにもよって、暖かい言葉までかけてきた。

その言葉が、クトリを完全に壊した。

何も見えない、聞こえない。息もできなくて歩けなくて、考えられなくて話せなくて。

ただ、心よりも深いところから湧《わ》き上がってくる衝動《しょうどう》に身を任せて――

大声で、泣き始めた。


なんだなんだと、眠《ねむ》い目をこすりながら、小さな妖精《ようせい》たちが次々に部屋を出て廊下《ろうか》に集まってくる。

大勢の幼い視線を浴びながら、クトリは赤ん坊《ぼう》のように泣き続ける。

「……愛の奇跡《きせき》？」ネフレンが首をかしげ、

「愛かどうかはともかく、奇跡なのは間違いなさそうっすね。それもたぶん、どでかい代《だい》償《しょう》が必要になる類《たぐ》いのアレっす」

どうせこの子のことだから、後のこととか考えなしに支払《しはら》ってきたんすよね……と、アイセアが今にも泣きだしそうな笑顔《えがお》でつぶやく。

やがて、泣き疲れたクトリの声が少しずつ小さくなり、静かな嗚咽《おえつ》に変わった後に。

そのおなかが、ぐうと大きく派手に鳴った。

あとがき／ちゃんとあとがき

お待たせしました。あまり新しくない作家の枯野《かれの》です。

引退した元勇者が大勢の女の子たちとともに田舎《いなか》で送る、静かで穏《おだ》やかなスローライフ物語『終末な（略）』の2巻をお届けします。ウソはついてない。

あとがきから読んでいるという方のためにまた最悪のネタバレを書いておきますと、結局クトリはヴィレムに最後まで「ただいま」を言えません。ウソはついてない。

さて、3巻の舞台《ぶたい》は再び妖精《ようせい》倉庫。一応「クトリ闘病《とうびょう》日記」「わくわく〈獣《どうぶつ》〉パラダイス」「さらば勇者よ～また暁《あかつき》に消ゆ～」の三本立てでお送りしたいと考えています……が、実は発売直後の1巻の売れ行きがちょっと寂《さび》しいものであったようなので、そもそも3巻がお送りできるのかについて現在時点ではお約束できません。ミもフタもないことを言ってしまえば、小説に限らずどんな商品も、売れなきゃ存在を許されないのです。ですが逆に言えば、彼ら、彼女らの物語の続きを読みたいと思って下さる方々の応援《おうえん》と助力さえあれば、道は切り拓《ひら》かれるはずです。いやマジで。

願わくば、そうして切り拓かれた「明日《あした》」の妖精倉庫で、皆様《みなさま》と再会できますよう。

二〇一四年秋　　　　　　　　　　　　　　枯野　瑛《あきら》

ってもらって
いですか？

終末《しゅうまつ》なにしてますか？ 忙《いそが》しいですか？ 救《すく》ってもらっていいですか？#02

著　枯野《かれの》 瑛《あきら》

角川スニーカー文庫　18940

2015年1月1日　初版発行
2017年5月20日　13版発行

発行者　三坂泰二

発　行　株式会社KADOKAWA
〒102-8177 東京都千代田区富士見2-13-3
電話　03-3238-8521（カスタマーサポート）
http://www.kadokawa.co.jp/

印刷所　旭印刷株式会社
製本所　株式会社ビルディング・ブックセンター

Printed in Japan　ISBN 978-4-04-102270-2　C0193

★ご意見、ご感想をお送りください★

〒102-8078 東京都千代田区富士見 1-8-19
株式会社KADOKAWA　角川スニーカー文庫編集部気付
「枯野 瑛」先生
「ue」先生

角川文庫発刊に際して

角川源義

第二次世界大戦の敗北は、軍事力の敗北であった以上に、私たちの若い文化力の敗退であった。私たちの文化が戦争に対して如何に無力であり、単なるあだ花に過ぎなかったかを、私たちは身を以て体験し痛感した。西洋近代文化の摂取にとって、明治以後八十年の歳月は決して短かすぎたとは言えない。にもかかわらず、近代文化の伝統を確立し、自由な批判と柔軟な良識に富む文化層として自らを形成することに私たちは失敗して来た。そしてこれは、各層への文化の普及滲透を任務とする出版人の責任でもあった。

一九四五年以来、私たちは再び振出しに戻り、第一歩から踏み出すことを余儀なくされた。これは大きな不幸ではあるが、反面、これまでの混沌・未熟・歪曲の中にあった我が国の文化に秩序と確たる基礎を齎らすためには絶好の機会でもある。角川書店は、このような祖国の文化的危機にあたり、微力をも顧みず再建の礎石たるべき抱負と決意とをもって出発したが、ここに創立以来の念願を果すべく角川文庫を発刊する。これまで刊行されたあらゆる全集叢書文庫類の長所と短所とを検討し、古今東西の不朽の典籍を、良心的編集のもとに、廉価に、そして書架にふさわしい美本として、多くのひとびとに提供しようとする。しかし私たちは徒らに百科全書的な知識のジレッタントを作ることを目的とせず、あくまで祖国の文化に秩序と再建への道を示し、この文庫を角川書店の栄ある事業として、今後永久に継続発展せしめ、学芸と教養との殿堂として大成せんことを期したい。多くの読書子の愛情ある忠言と支持とによって、この希望と抱負とを完遂せしめられんことを願う。

一九四九年五月三日